KB045837

전학 간 학교의 청순가련한 미소녀가 옛날에 남자라고 생각해서

히바리유 Hibariyu 지음

illust 시소 일러스트

기세 좋게 쿠션에 털썩 앉는가 싶더니
책상다리를 하고 몸을 꾹꾹 들이밀자,
확실히 당시의 **하루키**와 겹쳐 보이고 말았다.

**"좋아, 오랜만에 대전하자,
지면 빚 하나야."**

"잘 부탁해,
키리시마 군."

이쪽으로 싱긋 미소 짓는 모습은
꽃봉오리가 터지는 것처럼 사랑스럽다.
어른스러운 느낌에 전통적 미인이라는 말이
어울리는, 청순가련한 여자아이였다.

"응, 약속.

얽히는 새끼손가락.
시시한 비밀 약속.
서로가 흘리는 웃음소리.
또 하나, 그때처럼 두 사람 사이에
추억이 생긴 것이었다.

키리시마 하야토 *Hayato Kirishima*

츠키노세라는 시골에서 도시의 학교로
전학 왔다. 요리가 특기라서 매일
여동생 몫까지 저녁 식사를 만든다.

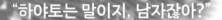

"하야토는 말이지, 남자잖아?"

"뭐? 갑자기 무슨 소리야?"

"아까 말인데 우리는 그게……
그게! 하지만! 하야토는 하야토고
나는 나고…… 우리는 대체 뭘까 싶어서."

키, 체형, 손바닥 크기…….
옛날과 다르게 변해버린 것은 잔뜩 있고,
당황하는 일도 많다.

"그래도 뭐, 우리는 우리잖아."

"우리는 우리, 인가."

니카이도 하루키   Haruki
Nikaidou

7년 전까지 츠키노세에 살던 하야토의
소꿉친구. 반에서는 절벽 위의 꽃으로
취급되는 미소녀…… 라는 것은 위장이고
하야토 앞에서는 남자 같은 말투가 된다.

Contents

illustration by **시소**   design by **무카데야 유우코+토요타 치카 (무시카고 그래픽스)**

프롤로그

어느 여름의 끝, 해 질 녘이었다.

그것은 그가 아직 즐거운 나날이 언제까지나 계속되리라고 천진난만하게 믿던 무렵의 일.

『이사?』

『응, 엄청 먼 곳..』

『이제 같이 못 놀아?』

『……모르겠어.』

깊은 산속에 있는 신사에서 더욱 깊은 곳, 오래된 본당을 이용한 놀이에 익숙한 아이들만의 비밀기지.

그곳에서 망설이는 두 아이는 고개를 숙이고서 어깨를 떨며, 그럼에도 울지는 않겠노라 참고 있었다.

이사.

그 말의 의미를 모를 만큼 어리지는 않고, 어쩔 수 없는 이별이 있다는 사실도 이해하고 만다.

머릿속은 뒤죽박죽. 형용할 수 없는 감정이 온몸을 돌아다니며 그들의 가슴과 감정을 애태웠다.

소중한 친구였다.

안 그래도 과소화가 진행 중인 산골에서 몇 없는 아이들 사이의 관계. 여동생과도 함께 매일같이 놀러 다니고, 앞으로도 함께하리라 믿어 의심치 않았다.

그래서 그것은 현실을 인정하지 않겠다는 저항이자 고집이었다.

억지로 새끼손가락을 걸었다.

당황한 상대는 개의치 않고.

하지만 무언가 하지 않고서는 견딜 수가 없었다.

『하루키, 우리는 계속 친구니까!』

『으, 응! 우린 떨어져 있어도 친구야, 하야토!』

그것은 아이들끼리 나눈 작은 약속.

주위에 흐드러지게 핀 해바라기, 텅 빈 라무네 병, 끼이끼이 우는 저녁매미 소리를 증인으로 새끼손가락을 걸고 나눈 작은 의식.

어쩔 수 없는 이별을 앞두고, 재회를 바라는 일.

그러니까 두 사람은 억지로라도 미소를 그렸다.

『다녀올게!』

『응, 잘 다녀와!』

그렇기에 작별의 말은 나누지 않았다.

그것은 지금으로부터 이미 7년이나 전의 일이었다.

재회한, 옛 친구

　그리고 현재.

　하야토는 산으로 둘러싸인 시골이 아니라 그곳에서 차로 몇 시간 떨어진 도시의 큰 건물을 눈앞에 두고 있었다.

　"크네……."

　눈앞의 고등학교를 앞에 두고 탄식했다.

　이사와 함께 전학 온 고등학교는 3층 구조의 새하얀 철근 콘크리트 건물로 크고 깔끔해서, 시골의 초라하고 비가 새는 목조 단층 건물과 비교하면 눈이 돌아갈 뻔했다.

　저도 모르게 현실도피 같은 느낌으로, 조금 전처럼 그리운 일을 떠올리고 있었다.

　어쨌든 계속 압도당하고 있을 수만은 없다며 마음을 다잡고 교무실로 향했다.

　이미 귀찮은 수속 따위는 끝이 났는지 그대로 담임 선생님과 함께 교실로 갔다.

　문 위에는 1-A 표시. 이곳이 오늘부터 하야토의 교실인 듯했다.

　드르륵 문을 연 순간, 입구부터 흥미의 시선이 박혀서 한순간 어깨를 움찔 떨며 긴장했다. 당연하다. 시골 전교생보다도 많은 인원이 한 교실에 모여 있으니까.

"키, 키리시마 하야토입니다. 츠키노세라는, 도로에서 원숭이랑 사슴이랑 멧돼지와 맞닥뜨릴 법한 곳에서 온 시골뜨기입니다. 이것저것 가르쳐준다면 고마울……것 같은데?"

자학 느낌의 자기소개. 완전히 먹히는 정도는 아니지만 주위에서는 무심코 호의적으로 쿡쿡 웃음이 새는 듯한 리액션이 나왔다. 최근 며칠, 몇 번이고 연습한 인사였다.

'후우, 다행이다.'

전학 첫날에 첫 반응으로서는 더할 나위 없다며 하야토는 안도의 한숨을 내쉬었다.

안 그래도 시골에서 도시로 이사, 그것도 6월 중순이라는 어중간한 시기다. 하야토 역시 일말의 불안이 있었으니까.

그래도 가슴 뛰는 일도 있었다.

어릴 적에 약속을 나눈 상대──니카이도 하루키와 같은 곳으로 이사 온 것이다. 재회할 수 있을지도 모른다는, 그런 기대도 있다. 기억 속의 어린 그가 뇌리에서 히죽 웃었다.

"자리는…… 그러네, 니카이도 옆자리가 비어 있나."

"니카이도──어?"

"예."

한 여학생이 여기라며 손을 들었다.

무척 예쁜 여자였다.

동글동글 커다란 눈에 양쪽 사이드로 하나씩 묶은, 구석구석까지 잘 가꾼 긴 머리카락. 이쪽으로 싱긋 미소 짓는 모습은 꽃봉오리가 터지는 것처럼 사랑스럽다. 어른스러운 느낌에 전통적 미인이라는 말이 어울리는, 청순가련한 여자아이였다.

하야토는 츠키노세 시골에서는 일단 볼 수 없었던 미소녀의 모습에 가슴이 두근거리면서도, '아, 이 아이도 **그 녀석**이랑 같은 니카이도구나'라며 과거 악우의 얼굴을 뇌리에 떠올렸다.

'까불대던 녀석이니까 혹시 같은 반이었다면 성씨가 같다니 운명이라는 둥, 들러붙어서 민폐를 끼쳤을지도.'

그렇게 생각하니 쿡쿡 웃음이 새어 나와서 목을 울렸다.

"잘 부탁해, **니카이도**."

그녀는 그런 하야토의 반응에 눈을 끔뻑거리며 조금 놀란 표정을 드러냈다. 하지만 그것도 한순간, 어쩐지 호감이 어린 짓궂은 미소로 바뀌어서는 대답했다.

"잘 부탁해, **키리시마 군**."

'……어?'

하야토는 눈에 호를 그린 그녀를 보고서 어쩐지 그립다는 기분을 품고 말았다.

——어라, 왜 그립다고 생각했지?

무심결에 고개를 갸웃거리고 말았지만 주위에서 생각할 시간을 주지 않았다.

"저기저기, 키리시마 군, 자기소개에서 했던 말 사실이야?"

"얼마나 시골인 거냐고, 도로에서 사슴이니 원숭이가 나온다니…… 진짜냐?"

"근데 대체 어쩌다 그런 곳에서 여기로 오게 됐어?"

짧은 조회가 끝나자마자 하야토는 반 아이들에게 둘러싸여서, 전학생을 상대로 한 질문 공세라는 이름의 세례를 뒤집어쓰게 되어버렸다.

"어, 갑자기 아버지가 전근을 오게 돼서. 전에 살던 츠키노세는 버스가 하루가 네 대밖에 없는 산골이고, 사람 숫자보다 가축 숫자가 많아서…… 솔직히 닭이나 양 말고는 이렇게 둘러싸인 적이 없으니까 깜짝 놀라는 중인데."

어깨를 으쓱이며 그런 소리를 해봤더니 "그게 뭐냐" "진짜냐" "쩌네—"라며 웃음이 퍼졌다.

상당히 좋은 느낌이었다. 무심코 안도의 한숨을 흘렸다. 그건 반 아이들도 마찬가지였나보다. 대하기 쉽다고 여겨졌는지 질문이 계속해서 척척 날아들었다.

"저쪽에서 여자 친구는 없었어?"

"여자 친구는커녕 그냥 또래를 찾는 것부터가 어려웠어."

"친구는 없어? 놀 때는 어떻게 했어?"

"기본적으로는 혼자서 게임하거나 밭일을 도왔지……. 아, 그래도 딱 하나 있었어. 엄청 친한 녀석이었어. 다리에서 같이 강물에 뛰어들거나, 산에서 나무에 올라갔다가 내려오지를 못하고 떨어지거나……. 아, 친구라기보단 질 나쁜 원숭이나 요괴 같은 녀석이었을지도—."

하야토는 과거의 친구, **하루키**의 기억을 더듬으며 그런 이야기를 했다.

굳이 따지자면 항상 끌려다니고 휘둘린 추억뿐이었다. 제대로 된 추억은 아니리라. 하지만 분명히 즐거운 기억이기도 했다. 지금도 다시 떠올리면 입가가 풀려 버린다.

빠직!

"——허?"

"…………아."

어찌 된 영문인지 이야기하자마자 옆에서 무언가 부러지는 소리가 울렸다. 다른 아이들도 무심코 그쪽으로 시선을 향하고 말았다.

소리의 발신원은 옆자리의 니카이도였다.

손에는 한가운데가 뚝 부러진 샤프펜슬.

본인도 놀란 표정이었다.

얌전하고 청순가련한 미소녀와 부러진 샤프.

영문 모를 조합에 하야토를 둘러싼 아이들의 의식이 쏠리는 것도 무리는 아니었다.

"니카이도?"

"어, 그거, 어쩌다……?"

"괜찮아? 다치진 않았어?"

"아, 아하하. 괜찮아요, 이거 살짝 불량품이었나 봐요."

주목을 받은 그녀는 당황해서 허둥지둥 말했다. 그러고는 얼굴에 겸연쩍은 기색을 드리우며 마치 무언가를 얼버무리듯이 하야토에게 질문을 건넸다. 그녀의 얼굴에는 살짝 비난의 기색이 드리워 있었다.

"소중한 친구였는데도 무척 심하게 말하네요."

"하핫, 소중한 친구니까 그렇지."

"⋯⋯호오, 그런가요."

하야토는 **하루키**를 생각하며 대답했다.

그리고 그녀는 고개를 홱 피했다.

아무래도 조금 전의 문답은 좀 아니었나보다.

그 후의 수업 중에도 하야토는 옆자리의 미소녀한테서 어쩐지 불만스럽다는 분위기를 느끼고 있었다.

어쩌면 착각일지도 모른다──하지만 시선이 마주칠 때마다 눈을 피해버리니까 그럴 가능성은 희박해 보였다.

'으, 대체 뭐지⋯⋯.'

그런 하야토의 기분 따위는 상관없이 수업은 계속 진행되었다.

당연하게도 이전의 학교와는 수업 내용이 달랐다. 의문은 제쳐두고 지금은 뒤처지지 않도록 필사적으로 귀를 기울였다. 하지만 어쩔 수 없는 일도 있었다.

"저기, 미안한데 저번 프린트라는 게 뭐야?"

"⋯⋯."

교재 같은 걸로 어쩔 수 없이 옆자리의 니카이도에게 신세를 질 수밖에 없는 경우다. 싫어도 그녀를 의식하고 만다.

"어— 그게, 으음…….."

"……이거예요. 거기서는 멀겠네요. 책상, 붙일까요?"

"어, 고마워."

"아뇨."

다행이라고 해야 할지, 이러니저러니 해도 흔쾌히 보여주니까 완전히 미움을 사지는 않은 모양이었다. 굳이 따지자면 토라진 것처럼 보이기도 했다.

그녀를 영 알 수가 없었다.

'으으, 여동생 히메코라면, 달콤한 거라도 주면 기분이 풀릴 텐데 말이지…….'

시골 출신인 하야토에게 같은 또래, 그것도 이성에 해당되는 사람은 여동생밖에 없었다.

엄밀하게는 동생의 친구가 하나 더 있지만 어찌 된 영문인지 자신을 피해서 교류는 거의 없었다.

아무리 하야토라도 여동생과 똑같이 생각하면 안 된다는 정도의 분별은 있었다.

차라리 직접 물어보는 편이 빠르겠다는 생각에, 쉬는 시간이 되자마자 이야기를 건네자고 결의했다.

"저기, 니카이——."

"있지있지, 키리시마, 오늘 아침에 그 질문 말이지."

"나도, 좀 신경 쓰이는 부분이 있는데!"

"저쪽 말이야──."

하지만 그것도 반 아이들의 질문에 가로막혀 버렸다.

학교에도 익숙해져서 비슷한 하루하루에 지루함을 느끼기 시작하던 그들에게 하야토는 절호의 먹잇감이라 할 수 있었다. 그것을 놓칠 그들이 아니었다.

"……후우."

그녀는 반 아이들에게 시달리는 하야토를 보고 어쩐지 어이없다는 듯 한숨을 내쉬었다.

질문 공세는 쉬는 시간마다 벌어지고, 결국엔 그녀와 이야기를 나눌 기회도 없이 점심시간을 맞이했다.

아무리 그래도 점심시간에는 하야토보다 식사 쪽을 우선시하는 모양이었다. 여기저기서 그룹을 만들어 도시락을 펼치는 모습을 확인할 수 있었다. 찬스였다.

'어떻게든 이야기를 해봐야겠지.'

신경을 쓸 정도의 일은 아닐지도 모른다. 하지만 무언가가 마음에 걸렸다. 가능하다면 그것을 떨쳐냈으면 좋겠다는 생각도 있고, 니카이도는 상당히 귀엽기도 했다. 하야토도 건전한 남자로서 미움을 사고 싶지는 않다는 생각이 있었다.

"니카이도, 잠깐──."

"──실례합니다, 니카이도 있나요?!"

"아, 예. 여기요."

또다시 실패하고 말았다.

이번에는 그녀가 자그마한 여학생의 호출을 받고 교실을 나갔다.

내민 손과 말이 공허하게 하늘에 맴돌았다.

그런 하야토에게 남학생 몇 명이 싱글싱글하며 다가와서 어깨를 두드렸다.

"하하, 벌써 니카이도한테 눈독을 들이다니 꽤 하잖아, 전학생. 기분은 알겠어."

"그래그래, 저런 외모에 마음씨도 착하고 공부도 잘하지. 게다가 운동부에서도 서로 데려가려고 한다던데."

"지금도 저거, 학생회나 부 활동 쪽 이야기 아닌가?"

"나는 그런 게──아니, 그래도 굉장하네."

이야기만 들으면 마치 그림으로 그린 것 같은 우등생의 모습이었다.

그렇다, 니카이도는 확실히 미소녀다.

게다가 문무 양도에 성격마저 외모 그대로 겸손하고 온화하다면, 대체 하늘은 그녀에게 뭘 줘버린 것일까. 도시에는 그런 만화나 애니메이션 같은 사람이 실제로 있구나 싶어 감탄해 버렸다.

'같은 니카이도라도 **그 녀석**이랑은 진짜 다르네……. 뭐, 애당초 성별부터 다른가.'

무심코 쓴웃음이 새어 나왔다.

"노리는 건 괜찮은데, 저건 절벽 위의 꽃이야."

"중학생 때도 상당히 인기 있었다는데, 누구 하나 잘됐단 이야기가……. 아, 그러고 보니 너, 입학하자마자 접근했는데 전혀 상대 안 해주지 않았냐?"

"됐고! 어쨌든 전학생──키리시마도 괜한 기대는 안 하는 편이 나아."

"딱히 그런 생각은……."

아니나 다를까, 상당히 인기 있는 모양이었다.

놀림을 당했지만 하야토는 딱히 사귀고 싶다든지 그런 감정은 없었다. 확실히 귀엽다고는 생각하니까 그것은 부정하지 않는다. 하지만 오늘 처음 본 사이고, 잘 모르겠다는 게 솔직한 심정이었다.

그것은 니카이도도 마찬가지일 것이다.

그렇기에 더더욱 알 수가 없었다.

왜 첫 대면일 터인 자신에게 불만스러운 분위기를 드리우고서 쌀쌀맞게 구는 걸까?

"으─음, 모르겠네."

고개를 아무리 갸웃거려도 해답은 나오지 않았다.

의문과 함께 빨리 얘기를 해봐야겠다는 기분만이 강해질 뿐이었다.

역시나 아침부터 사람들에게 계속 둘러싸여 있다 보니 하야토도 지쳐버렸다.

'교실인데도 축제 때 정도나 볼 수 있는 숫자인걸.'

일단 반 남자애들한테 곧바로 같이 점심을 먹자고 권유를 받았지만, 산책 겸 매점을 찾겠다며 거절하고 교실을 빠져나왔다.

"윽……."

주위보다 늦은 느낌으로 도착한 매점은 인파의 정점을 맞이해서, 교실과는 비교가 안 될 만큼 떠들썩하고 혼잡한 모습에 당황해버렸다.

'……내일부터는 도시락을 준비하는 편이 낫겠는데.'

어찌어찌 손에 넣은 마가린 바른 핫도그 빵을 보고 한숨을 내쉬었다. 맛은 없지만 한창 자랄 나이인 청소년에게 볼륨만큼은 있다는 것이 다행일까.

점심 정도는 인기척 없는 곳에서 느긋하게 먹고 싶다──. 그리 생각한 하야토는 학교를 이리저리 헤매며 혼자 있을 장소를 찾았다.

하지만 그런 장소는 좀처럼 보이지 않았다.

여기라면 아무도 안 온다고 생각해서 학교 건물 뒤쪽까지 가봤지만 그곳에도 모르는 여학생이 있었다.

"어, 저건……?"

떠나려고 했다가 그곳에서 너무도 익숙한 것을 발견했다. 그것은 도시에서는 거의 볼 수 없는 것으로, 그렇기에 강하게 흥미를 끌었다.

게다가 **그것들** 앞에서 폴짝폴짝 움직이는 곱슬머리의 자그마한 여학생은 하야토에게 **어떤 것**을 연상시켰다.

그래서 어울리지 않는다고 생각하면서도 그곳으로 빨려 들고 말았다.

"으으, 제대로 열매가 안 맺혀요……. 비료가 나쁜 걸까요? 아니면——."

"그거, 주키니?"

"삐야아악?!"

"아, 놀라게 해서 미안해. 근데 그 노란색 꽃, 주키니지? 옆에 있는 보라색 꽃이 가지고 하얀 꽃이 꽈리고추…… 옥수수도 있나."

"후에?! 아, 예, 그래요맞아요!"

그곳은 화단이었다.

벽돌로 주위를 가늘고 길게 둘러놓고는, 어째선지 중앙을 향해 봉긋하게 흙을 쌓아서 이랑을 만들어 채소를 심어놓았다.

본래 하야토는 처음 만나는 사람, 심지어 여자한테 적극적으로 이야기를 건넬 법한 성격이 아니다.

오히려 어떤 이야기를 건네야 할지 알 수가 없어서 니카이도처럼 대화의 필요성이 있는 상대가 아니라면 지나쳤을 것이다.

하지만 얼떨결에 말이 나가 버렸다.

"수분했어? 주키니는 암꽃에 꽃가루를 묻혀주지 않으면 커지질 않아."

"어…… 앗!"

"가지도 여분의 꽃은 꺾고, 꽈리고추도 줄기를 몇 개 걷어내야 열매가 잔뜩 맺히겠네."

"하으으……."

하야토의 지적을 받은 여학생은 허겁지겁 치마 주머니에서 수첩을 꺼내서 팔락팔락 넘겼다. 그리고 시선을 화단과 수첩 사이에서 연신 움직이며, 점점 얼굴을 붉게 물들였다.

참고로 하야토의 지식은 시골에서 밭일을 돕는다면 어린아이라도 알고 있을 정도였다. 딱히 자랑할 만한 수준은 아니다.

"자, 잘 아시네요."

"시골에서 자주 밭일을 도왔으니까……. 이거, 원예부 같은 거야?"

"아, 예, 원예부, 예요."

"원예부인데 채소?"

"그게…… 역시 이상, 한가요?"

"아니, 괜찮지 않나? 토마토도 원래는 관상용이었다고 하고, 나도 채소 꽃은 좋아해."

"……!"

실제로 하야토에게는 꽃집에서 볼 수 있을 법한 꽃보다도 수확 시기를 알리는 채소의 꽃이 더욱 친숙하고 호감이 갔다.

'밭일을 돕다 보면 알바비로 용돈도 받을 수 있었고.'

그런 생각을 하며 후훗 웃고 대답하자, 그 답변이 의외였는지 여학생은 눈을 끔뻑거리며 허둥댔다.

그 모습은 어쩐지 작은 동물 같아서 더더욱 하야토는 **어떤 것**을 떠올리며 표정이 풀어지고 말았다.

"……뭘 하고 있나요?"

갑자기 방울을 울리는 것 같은 목소리가 등 뒤에서 들렸다.

하지만 그 음색은 살짝 어이없다는 기색을 머금고 있다.

바라보는 눈빛도 어쩐지 차가웠다.

"미타케, 동아리동 쪽에 요청했던 비료가 와 있어요."

"어, 아, 예! 지금 갈게요. 고마워요, 니카이도!"

"어, 저기 그게…… 니카이도."

말을 건넨 것은 옆자리의 미소녀——니카이도였다.

원예부 여학생은 니카이도의 이야기를 듣자마자 펄쩍 뛰듯이 자리를 떠났다.

둘이서 그녀를 지켜본 뒤, 니카이도는 허리에 손을 대고 하야토를 빤히 노려보며 얼굴을 불쑥 가져다 댔다.

"흐응, 전학 첫날부터 여자 꼬시기야? 정말이지, 저런 아이가 취향일까, 키리시마 군은!"

"아, 아니, 그게……."

무척 단정한 그 얼굴이 다가오자 두근대고 말았다. 게다가 묘한 박력도 있어서 뒷걸음질 치게 됐다.

갑자기 내숭을 내다 버린 그녀의 친근한 말과 태도는 하야토의 곤혹에 한층 더 박차를 가했다.

"꼬시는 게 아니고 그, 닮았거든……."

"닮았다고? 대체 어디 사는 누구랑?"

"……겐 할아버지네 양."

"아. 잡초를 먹으라고 길렀더니 막상 채소 모종에만 흥미가 있다면서 계속 혼나던, 그 양들?"

"그래그래, 덥수룩한 곱슬머리라든지, 채소 앞에서 허둥대는 모습을 보니까 그만…… 아니——아얏!"

"풉…… 큭…… 아하, 아하하하하하하하핫!!"

그녀는 둑이 터진 것처럼 웃음을 터뜨리더니, 하야토의 등을 퍽퍽 때리기 시작했다.

"정말, 겐 씨네 양 같아서 말을 걸었다니 너무하잖아, **하야토.**"

"아야야, 힘 조절은 좀 해달라고, 하루……키……?"

어째선지 그런 말이 튀어나와 버렸다.

어미 쪽은 완전히 의문형이었다. 어째서 그런 소리가 나왔는지 알 수 없었다.

하야토는 혼란스러운 머리로 **그녀**를 빤히 바라보고 말았다.

"아, 니카이도, 이런 데 있었네! 잠깐 괜찮을까요?!"

그러던 그때, 그녀에게 용건이 있는 것으로 여겨지는 여학생이 찾아와서 말을 건넸다.

"예, 무슨 일인가요?"

"잠깐만, 저기!"

니카이도는 또다시 내숭을 부렸다.

"쉬—잇."

그리고 떠날 때에 이쪽을 돌아본 뒤, 비밀이라는 듯이 입술에 검지를 대며 장난스럽게 미소 지었다.

"……뭐냐고, 대체."

다양한 정보가 단숨에 뇌리를 스쳐 가고, 하야토의 가슴속은 거칠게 술렁댔다.

'**하루키**, 인가…….'

하야토는 오후 수업 중에 계속 그녀——**하루키**를 생각하고 있었다.

츠키노세의 산속 시골에서 산과 들을 뛰어다니며 함께 놀던 소꿉친구.

——아, 그러고 보니.

『어, 잡았다! 나도 잡았다고, 하야토!』

『알았어, 알았으니까 때리지 마!』

하루키는 흥분하면 조금 전처럼 등을 찰싹찰싹 때리는 나쁜 버릇이 있었다. 그걸 떠올렸다.

대화의 분위기부터 당시와 같은 행동까지, 그만 『하루키』라 부르고 만 것도 무리는 아니었다. 그만큼 깊이 마음에 새겨져 있는 것이니까.

'……니카이도는, **하루키**인가?'

산속 시골 마을인 츠키노세를 상당히 잘 알고 있지 않고서는, 그야말로 지역 사람이 아니고서는 겐 영감을 알 수는 없으리라.

니카이도 하루키를 빤히 관찰했다.

역시나. 옆자리 여자애가, 청순가련하고 얌전한 이 여자애가 기억 속의 원숭이 요괴 같은 소꿉친구라고는 믿을 수가 없었다. 너무 갑작스럽다.

"⋯⋯음!"

"⋯⋯윽?!"

수상쩍어하는 하야토의 시선을 알아차린 그녀가 지우개를 뜯어서 딱밤을 치는 듯한 손동작으로 날렸다. 아프지는 않았지만 유치하다고도 할 수 있는 그 행동에 깜짝 놀라고 말았다.

'어린애냐!'

니카이도 하루키——**하루키**는 그런 하야토의 놀란 얼굴을 만족스럽게 바라본 뒤, 코웃음을 치며 앞을 봤다. 그때에 살짝 내민 분홍색 혀가, 원숭이 요괴라고 한 것에 대한 항의처럼 여겨졌다.

이러쿵저러쿵하는 사이 첫날 수업이 끝났다.

교실은 순식간에 소란스러운 분위기를 되찾고 학생들은 지루한 시간에서 해방되었다. 여름이 가까운 6월의 하늘은 끝없이 푸르러서 아직은 한창 밝을 것이라 주장했다. 놀러 가기에는 절호의 날씨라고도 할 수 있었다.

"저기, 키리시마. 지금부터 다 같이 노래방 갈 건데, 같이 갈래?"

"그래그래, 환영식도 겸해서 쏠게."

"전학생이 어떤 노래를 부를지 신경 쓰인단 말이지―."

"아니, 나는 그게―."

하야토는 약삭빠른, 그리고 호기심이 강한 그룹에게 둘러싸였다. 그중에는 아까 질문 공세를 퍼붓던 얼굴도 몇몇 보였다. 그들로서는 지극히 자연스러운 권유이리라. 하지만 시골에서 또래와의 교류가 없었던 하야토는 어쩌면 좋을지 몰라 망설여졌다.

'게다가 노래방 자체를 가본 적이 없으니까…….'

애매한 태도로 허둥대는 사이, 억지로 어깨에 손을 두른 아이들한테 끌려가게 되었다.

"그럼 가자고―."

"자, 잠깐만."

"안 돼!"

하지만 그것을 제지하는 날카로운 목소리가 날아들었다.

"어?"

"응?"

"니카이도……?"

"…………아."

그들에게도 의외인 상대였는지 모두가 그녀——니카이도 하루키에게 주목하고 말았다.

하루키 본인도 자기 목소리가 예상 밖이었는지 한순간 놀란 표정을 지었다. 하지만 이내 어흠 헛기침을 하고 고개를 돌렸다.

"……저기, 그게, 어흠. 안 돼요, 방과 후에 이**것저것** 안내해달라고 **부탁을 받았거든요**. 그렇죠, 키리시마 군?"

"그런가, 그럼 어쩔 수 없지. 니카이도가 안내해준다니 부럽네, 이 자식."

"어, 아니, 니카이도……?!"

부러워하는 남자들의 시선을 등지고, 하루키는 말을 끝내자마자 갑자기 하야토의 가방을 붙잡더니 억지로 이끌었다. 하야토를 잡아당기는 힘은 그녀의 가느다란 팔에서 나온다고는 믿기 힘들 만큼 강해서 거스를 수가 없었다. 굳이 말하자면 끌려간다고 하는 편이 나을지도 모른다.

그리고 그녀는 그런 상태로 학교를 안내하지도 않고, 현관으로 직행해서 밖으로 데리고 나갔다.

"아니, 대체 어디로 데려갈 생각이야?"

"괜찮아, 괜찮아!"

학교를 뛰쳐나온 하야토는 하루키에게 끌려가며 주택가를 종종걸음으로 나아갔다.

옆에서 보면 미소녀에게 억지로 연행당하는 그림이었다.

아무리 그래도 한심하고 부끄러워서 하야토의 얼굴도 뜨거워졌다.

하루키는 그런 건 알 바 아니라는 듯이 앞을 향해 달려갔다.

그러나 이건, 과거의 어린 시절을 떠올리게 만드는 구도이기도 했다.

'하핫! ……정말이지, 변한 게 없구나!'

하야토에게 그것은 둑길이나 논두렁길 대신에 아스팔트를 박차고 있다는, 그저 그것뿐인 차이였다.

"어디로 가는지는 모르겠지만, 느리거든."

"음?!"

하야토는 그때와 마찬가지로 달리기로 하루키를 추월하려 했다.

그러자 그때와 마찬가지로, 하루키도 지지 않고 속도를 올렸다.

하야토가 앞으로, 하루키가 앞으로, 엎치락뒤치락 전력질주. 두 사람의 얼굴에는 거침없는 미소. 서로 맞잡은 손.

"아핫!"

"하핫!"

영문을 알 수 없었다.

하지만 함께 달린다, 그저 그것만으로 즐거워졌다.

과거의 일과 감정이 다시 떠오르고, 논리를 뛰어넘어서 눈앞의 여자애가 **하루키**라고 분명히 인식하게 되었다.

옛날과 모습은 바뀌어버렸을지도 모른다. 하지만 분명히

변하지 않은 것이 있다——그 사실이 까닭 없이 기뻤다.

"자, 도착했어. 여기야."

"어, 여긴……."

주택가에 있는, 그다지 특이하지도 않은 단독주택. 이렇다 할 특징도 없었다.

하지만 이곳이 어디인지는 굳이 물어보지 않아도 알 수 있었다.

게다가 서로의 집으로 놀러 가는 것은, 예전에는 자주 있던 일이었다.

"응? 왜 그래, 하야토?"

"……아무것도 아냐."

등에 닿을 만큼 자란 긴 머리카락, 조금 차갑고 작은 손, 과거와 다르게 예쁜 얼굴.

그런데도 하야토를 돌아보고 기분 좋게 깔깔 웃는 얼굴이 지금은 조금 원망스러웠다.

하지만 여기서 돌아가는 건 어쩐지 겁먹어서 진 것 같은 기분이라——그런 유치한 생각으로 "실례합니다"라고 중얼거렸다.

"어서 오세요. 아니, 나밖에 없으니까 조심스럽게 굴 것 없어."

"……진짜냐."

하야토가 조금 긴장한 기색으로 인사하자 돌아온 것은 그런, 별것 아니라는 식으로 말하는 하루키의 말이었다.

지금 하루키의 외모는 완전히 청순가련한 미소녀.

옛날의 골목대장이라고 할 수 있던 그 모습 그대로 반응하면 여러모로 곤란해진다.

그런 생각을 하는데 하루키가 갑자기 "아!"라며 무언가 떠오른 듯이 소리를 높였다.

"잠깐—만 거기서 기다려! 괜찮아! 알겠지?!"

"야!"

당황해서 치마를 휘날리며 계단을 뛰어 올라가는가 싶더니 우당탕탕, 요란한 소리가 들렸다. 방이라도 정리하는 것이리라.

"……정말이지, 대체 어쩌라고."

모르는 집 현관에 남겨진 채 그만 한숨을 내쉬고 말았다.

심지어 너무나도 강한 기세로 뛰어 올라가서 치마 안쪽의 색기고 뭐고 없는 트렁크 타입의 무언가가 흘끗 보여 버리기도 했다. 하야토는 기묘한 죄책감에 시달렸다.

"기다렸지!"

"……헤에."

잠시 후, 숨을 헐떡이며 하루키가 방으로 불러들였다. 대충 옷장에 억지로 쑤셔 넣었을 뿐일 테지만 방은 얼핏 보기에 정돈되어 있었다.

검은색이나 다크브라운으로 통일된 가구에 만화가 많은 책장과 프라모델, 그리고 각종 게임기. 자못 성장한 **하루키**다운 방이었다.

책상 위에 명목 정도로 놓여 있는 거울과 화장품만 없었다면 하야토의 방과 그다지 다르지 않을 것이다.

"그쪽에 적당히…… 으차."

"어. 아니, 하루키."

"응? 하야토도 사양 말고 벗지 그래? 덥잖아, 양말."

"……그렇기는 한데."

하루키는 쿠션을 쓰라며 던지고는 갑자기 양말을 벗기 시작했다. 허를 찌르듯이, 옛날과 다르게 희고 살집이 적당하며 여성스럽게 느껴지는 맨다리가 드러났다. 상대가 **하루키**라는 사실을 알고서도 동요하고 마는 것도 무리는 아니었다.

그러나 기세 좋게 쿠션에 털썩 앉는가 싶었더니 책상다리를 하고 몸을 꾹꾹 들이밀자, 확실히 당시의 **하루키**와 겹쳐보이고 말았다. 색기도 어디론가 흩어져버리고, 하야토의목 안쪽에서 큭큭 웃음이 솟구쳤다.

그런 하야토를 보는 하루키는 타박하는 듯한 눈빛이었다.

"그래서, 누가 원숭이 요괴라고?"

"아니, 그건……."

아무래도 하루키는 하야토가 오늘 아침에 했던 말에 원한을 품은 모양이었다.

진심까지는 아니고 어디까지나 토라졌다는 쪽이 옳으리라.

하지만 뾰로통하게 입술을 내밀고 가볍게 노려보면서 다가오니 등줄기에 이상하게 땀을 흘리고 말았다.

"그게, 미안해. 내가 잘못했어. 그거야, '빛'이네. 빛으로 달아둬."

"흐—응, '빚'이라. 그런가, 그럼 됐어."

하야토의 대답에 만족했는지 갑자기 하루키는 기분 나쁘다는 표정을 거두었다. 그리고 '빚'이라는 말을 곱씹듯이 중얼거리고 싱글대기 시작했다.

'빚'. 그것은 두 사람에게 피차 특별한 의미를 지닌다.

이 빚은 상대에게서 받은 것으로 취급하며, 결코 부채가 되지는 않는다. 그리고 상쇄되지도 않는다. 하야토와 하루키 사이에서만 통하는 규칙이다.

"빚인가, 그립네. 하야토는 이걸로 대체 나한테 몇 개나 빚이 있는 걸까?"

"그건 내가 할 말이야. 하루키도 나한테 빚이 몇 개 있잖아."

"아하, 그건 그러네."

"……크큭."

"……아핫."

둘이서 얼굴을 마주 보고 웃음을 흘렸다.

그런 분위기 속에서, 하야토는 신경 쓰이던 질문을 던졌다.

"그보다도 너 **그거**, 반칙이잖아?"

"내 얼굴?"

하야토가 가리킨 곳에 있는 것은 이전의 골목대장과는 거리가 먼, 하루키의 청순가련한 전통적 미녀의 모습이었다. 안타깝게도 지금은 본성이 드러나서 당당하게 맨다리를 드러내고 책상다리를 한 아쉬운 모습이기도 하다.

"으—응, 이런저런 일이 있어서 말이지. 그래서 나도 이런 **위장**을 하는 거야."

"위장, 이라. 역시 요괴——."

"하야토—!"

"하하, 미안해. 이것도 빚으로."

"……정말이지, 하야토도 참."

옛날부터 이런 사소한 말다툼이나 불평, 싸움은 몇 번이고 있었다. 그때마다 빚으로 넘겼다.

그것은 추억의 축적이기도 하며, 하야토와 하루키 사이에서만 통하는 사죄의 말에 가까웠다.

또다시 예전처럼 서로에게 빚을 쌓을 수 있다고 생각하니 우습기도 하고 부끄럽기도 했다.

하야토는 그런 기분을 들키는 게 왠지 껄끄러워서, 무언가 화제가 없을지 방을 둘러보다가 그리운 것에 시선이 멈췄다.

"그거, 아직 있었구나."

"게임도 있어. 지금도 들어 있을 거야."

"그립네."

"좋아, 오랜만에 대전하자. 지면 빚 하나야."

"값싼 빚이네."

"그럼 다섯 판 승부로."

"오케이."

어릴 적에 자주 했던, 두 세대는 지난 게임기였다. 버섯이

31

나 거북이를 본뜬 캐릭터가 타는 카트 게임으로, 당시에도 무척 열중했던 것이다.

그리고 그건 현재도 마찬가지였다.

"어, 치사해치사해! 어떻게 이 타이밍에 그 아이템을 뽑는데?!"

"평소의 내 행실이 좋으니까?"

"거짓말쟁이—, 나를 요괴 취급한 주제에!"

"하핫."

오랜만에 만났는데도 변변히 대화도 나누지 않고, 어깨를 나란히 하고서 게임을 즐긴다. 그밖에도 이것저것 묻고 싶은 것이 있을 텐데, 입을 열면 눈앞의 게임에 대한 이야기뿐.

하지만 그것으로 충분했다.

서로 떨어져 있던 거리가 메워지는 듯한 느낌을 받았다.

정신이 드니 초여름의 햇살이 기울기 시작해서, 이제 적당한 시간이 되었음을 알리고 있었다.

"응, 슬슬 돌아갈게."

"어, 응…… 그런가."

즐거운 시간이었다. 지나가는 것도 빨랐다.

그런 만큼 끝이 되자 일말의 쓸쓸함을 느끼고 만다.

머리로는 이해하고 있었다.

일찍이, 언제까지나 계속될 거라 생각하던 시간이 있었다.

하지만 그것은 갑자기 붕괴되었다.

하루키는 마치 투정을 부리는 어린아이 같은 얼굴로, 신발을 신는 하야토의 뒷모습을 바라봤다.

그 시선은 하야토도 느끼고 있었다. 그 심경도 충분히 이해할 수 있었다. 자신도 마찬가지였으니까.

그래서 그런 불안을 떨쳐내듯이 애써 밝은 목소리를 냈다.

"또 봐."

"……아."

그것은 **평소의** 작별 인사였다.

거기에 모든 마음이 담겨 있었다. 그것을 모르는 하루키가 아니었다.

그래서 하루키에게 재회의 인사는——.

"응, 또 봐……. 그리고, 어서 와!"

"어서 와?"

"나한테는 그 인사가 맞거든."

"하하, 그게 뭐야."

하루키는 꽃이 크게 피는 것 같은 미소를 띠었다. 그것은 하야토가 본, 오늘 최고의 미소였다.

◇ ◇ ◇

하야토가 이사 온 장소는 하루키의 집에서 그다지 떨어지지 않은 10층짜리 가족형 아파트였다.

목조 단층의 단독주택, 철근 콘크리트의 집합주택.

부주의하게 열려 있는 현관, 오토 록이 설치된 입구.

시골과 도시, 차이는 많아서 당황스러운 일도 많다. 아직 익숙해지려면 시간이 걸릴 듯했다.

"다녀왔어."

"어서 와─, 오빠."

"……히메코, 이래저래 보인다고."

"음─, 보고 싶어?"

"안 보고 싶으니까 말하는 거야."

"그럼 안 보면 되잖아."

"……나 참."

6층에 있는 집 거실에서 여동생이 의욕 없는 목소리로 맞이해주었다.

오기가 보이는 눈빛, 밝게 물들이고 폭신하게 파마를 한 머리카락, 천박하지 않을 정도로 짧게 줄인 교복 치마.

꾸미기에 신경을 쓰는 요즘 여자애──그것이 하야토의 동생, 히메코였다.

하야토도 자기 동생이지만 꽤 귀엽다고 생각하고 있다. 하지만 지금은 칠칠치 못하게 소파 위에 드러누워서는 짧은 치맛자락도 들쳐 올라간 상태다. 너무도 안타까운 모습이 드러나고 있었다. 아무리 하야토라도 미간을 찌푸리고 말았다.

'하아, 정말이지. 하루키도 그렇고 히메코도 그렇고…….'

무심코 조금 전 소꿉친구의 모습과 눈앞에 있는 여동생의 모습을 겹쳐보고는 한숨을 내쉬고 말았다.

분명 그녀들의 이런 모습은 자신이기에 보여줄 수 있는 것이기도 하리라.

그렇게 생각하니 이것 참 어쩔 수 없네, 하고 마는 하야토였다.

"히메코, 아버지는?"

"병원. 어머니한테 들른대."

"······그런가. 저녁은?"

"오빠, 부탁해. 나 지금, 손을 뗄 수가 없어."

"예예."

히메코는 열심히 스마트폰을 만지고 있었다. 이따금 "으~응" 하는 소리가 들렸다. 이사 전부터 시골뜨기로 여겨지고 싶지 않다며 벼르던 것이 떠올랐다.

하야토와 마찬가지로 전학생을 향한 세례를 받았음에 틀림없다. 이상한 허점을 드러내지 않으려고 필사적으로 조사하고 있는 거겠지.

"처음부터 시골 사람이라고 말해두면 되는데."

"오빠, 시끄러워!"

히메코는 살짝 허세를 부리는 구석이 있었다. 그러다가 실패한 적도 몇 번인가 있다.

하야토는 그런 동생을 바라보며 냉장고 안을 확인했다.

'세일 때 사서 남은 돼지고기에 대파, 피망, 배추에 표고버섯······.'

하야토의 점심은 무척 허전하게도 핫도그빵뿐이었으니

까 풍성한 음식을 먹고 싶은 기분이었다.

우선은 돼지고기를 잘게 썰어서 간장에 설탕이랑 미림을 섞은 양념에 절이고, 녹말가루와 참기름을 더해서 맛을 숙성시킨다.

그동안에 각종 채소를 손질한다. 냉장고 청소를 겸한 것이라서 비율은 무척 대충이었다. 굴 소스에 두반장, 간장이랑 술을 더한 조미료를 만드는 것도 잊지 않았다.

그것들을 볶고 타이밍을 맞추어 조미료를 투입하면 엉터리 고추잡채 완성이다. 밥이랑 인스턴트 된장국까지 추가하면 보기에는 나쁘지 않을 터.

"히메코, 밥 다 됐어."

"예—…… 어, 우와."

"뭐야?"

"여전히 술안주 같은 걸 만드는구나, 오빠."

"아니, 그래도 이건 평범한 요리의 범주잖아?"

"그러네요—."

오락거리가 적은 시골에서는 번번이 누구네 집에 모여서는 잔치가 열렸다.

하야토는 그때마다 불려가서 안주를 만들고 용돈도 받던 것이다. 가진 레퍼토리가 그런 쪽으로 치우쳐버리는 것도 필연이었다.

"잘 먹겠습니다—."

"많이 드세요."

"응~, 역시 밥에도 어울리네. 이러다 살찌겠어! 아, 그렇지. 오빠, 그거 알아?"

"응?"

"오늘 학교에서 처음 알았는데…… 이 근처에 코인 정미소*는 존재하지 않는데."

"뭐, 라고……?"

"게다가 있지, 10분만 걸어가면 대부분은 가장 가까운 역으로 갈 수 있대."

"아니, 진짜 '가까운' 역이잖아!"

츠키노세 시골과는 다른 도시의 모습에 전율하는 키리시마 남매. 아무래도 하야토뿐만 아니라 동생 히메코도 전학을 오자마자 그런 차이로 큰일을 겪는 모양이었다.

"그래서, 어땠어?"

"뭐가?"

"좋은 일 있었잖아?"

"어떻게 알았지?"

"히죽히죽대니까."

"……허?"

히메코의 지적에 처음으로 하야토는 자신의 뺨이 풀어져 있다는 사실을 깨달았다.

이러니저러니 해도 소꿉친구 하루키와의 재회는 얼굴에

* 동전을 넣으면 쌀을 도정해 주는 일본의 정미소(精米所). 주로 시골에 많이 보인다.

드러나 버릴 정도로 기뻤나 보다.

그래서 자연스럽게 미소를 띠고 말았다.

"학교에서 말이지, **하루키**랑 만났어."

"하루…… 에, 말도 안 돼, 그 하루?!"

"세상에나 놀랍게도, 자리도 옆이야."

"우와, 굉장해! 하루, 어떻게 됐어?"

"그게 말이지……."

하야토는 오늘 재회한 소꿉친구를 떠올렸다.

옛날에는 언제나 반바지에 셔츠에 모자, 옷도 항상 흙투성이고 몸 여기저기에 생채기가 있어서 골목대장이나 악동 같은 모습이었다.

그랬던 사람이 지금은 등까지 내려오는 윤기 있는 머리카락에 생채기는커녕 기미 하나 없이 하얀 피부. 단아한 인상의, 얼핏 보면 청순가련한 일본 미소녀다.

하지만 짓궂게 웃는 얼굴은 어찌 보아도 당시의 모습과 겹쳐 보였다.

"변한 게 없더라. **하루키**는 하루키였어. 금세 '빚'을 만들어버렸을 정도로."

"호오, 그렇구나. 나도 만나고 싶네."

"오히려 옛날보다 힘도 세졌고 억지스러워졌으니까, 원숭이에서 고릴라로 진화한 걸지도 모르겠네."

"아하하, 그게 뭐야."

그리고 둘은 **하루키**의, 공통적인 옛날 소꿉친구에 대한 이야기로 꽃을 피웠다. 이런저런 추억이 되살아났다.

빚을 몇 개나 만들었었다.

반으로 나눈 아이스크림의 크기로 다투었을 때.

매미를 몇 마리나 잡는지 겨루었을 때.

오늘처럼 게임으로 승부를 했을 때.

서로가 수많은 추억을 쌓았다.

그날. 여름의 끝.

언제까지나 계속되리라 생각하던 나날이 무너져버렸을 때.

그때에 나눈 작은 약속이 지금도 분명하게 남아 있었다.

나란하던 키는 머리 하나 차이.

붙잡은 손은 한마디 차이.

달리는 속도는 같아도 차이가 생겨버린 보폭.

그런, 떨어져 있던 동안에 생기고 만 차이.

그럼에도 틀림없이, 신경 쓰이지 않을 거라 생각되는 차이.

끝났다고 생각했던 관계가, 여름과 함께 또다시 시작되려
하고 있었다.

약속

"으갸―, 늦잠 잤다―!"

이른 아침의 키리시마가에서 비단결과는 거리가 먼 히메코의 비명이 울려 퍼졌다.

하야토는 그 목소리를 듣고서 "또냐……"라고 중얼거리며, 어이없다는 표정 그대로 직사각형의 계란말이 전용 프라이팬을 써 솜씨 좋게 달걀을 뒤집었다.

만드는 것은 육수를 넣은 계란말이. 가다랑어포의 풍미를 제대로 살린, 하야토의 특기 요리 중 하나였다. 물론 잔치에서 인정도 받았다. 냉장고도 청소할 겸 자른 경수채가 들어 있는 것은 애교 포인트. 그렇지만 이것도 나름대로 식감이 좋아지니까 하야토는 마음에 들었다.

"진짜―, 왜 안 깨워준 거야!"

"아니, 저기, 시계 좀 봐."

"벌써 일곱 시 반이잖아!"

"여유 있잖아?"

"뛰어가도…… 아니, 그런가. 그랬지."

"저쪽이랑 다르게 학교는 가깝잖아."

아직 머리가 삐친 상태로 히메코는 혀를 작게 내밀었다.

갑작스러운 이사로 힘든 점은 있었다. 하지만 등교 시간이 대폭 줄어든 것은 솔직히 기쁜 일이었다.

"오빠, 그거 뭐야?"

"도시락이야. 어젯밤에 남은 거에 계란말이만 추가한 거지만. 어제 매점이랑 식당을 봤더니 좀······."

"어─, 응. 그런 거구나. 그럼, 오라버님?"

"예예, 히메코 것도 있어."

"역시, 이해가 빨라!"

하야토는 어제 북적거리는 인파를 보고 살짝 등골이 서늘해졌다.

모두가 먹을 것을 향해서 밀려드는 모습은 흡사 전투였다.

그것은 도시의 학생에게는 익숙한 일이리라. 하지만 시골 출신인 하야토는 그런 훈련을 쌓지 않았다. 가끔이라면 모를까, 하야토는 매일 그 전장으로 돌격할 용기는 없었다. 그것은 틀림없이 동생도 마찬가지이리라는 생각에 미리 2인분을 준비한 것이었다.

하야토는 의외로 남을 잘 돌보는 구석이 있었다.

시간에 여유가 있다고는 해도 그리 느긋하게 있을 정도는 아니다.

얼른 아침 식사와 준비를 마치고 하야토와 히메코는 동시에 집을 나와 문을 잠갔다.

"덥다······."

"더워······."

밖으로 나온 순간, 남매 둘이서 나란히 같은 대사를 내뱉었다.

시골과 달라서 훤히 드러난 지면은 없이 빼곡하게 깔린 아스팔트가 열기를 비축하고 있었다. 햇살을 막을 숲도 전무해서 초여름의 태양이 여봐란 듯이 피부를 태웠다.

츠키노세와 다르게 이 마을은 체감 온도가 이상하게 높았다. 남매는 아침부터 무기력한 기분 그대로 통학로를 걸어갔다.

"그럼, 나는 이쪽이니까."

"어."

도중에 히메코와 헤어진 하야토는 시골의 서늘한 날씨를 그리워했다.

많은 사람과 적은 녹음에 어쩔 수 없이 신세계에 왔다는 사실을 의식했다.

원해서 온 것은 아니었다. 익숙해지려면 아직은 시간이 걸릴 듯했다.

'아, 그리고 보니.'

시골을 생각해서 그런지 신경 쓰이는 것을 떠올렸다.

어제 츠키노세를 연상시켰던, 학교 뒤편에 있는 이랑을 만들어둔 화단이었다.

주키니 꽃은 아침에 핀다. 그리고 오후가 되면 금방 시들어 버린다.

그러니까 아침이 가기 전에 수분을 시켜야만 한다.

뇌리에 떠오른 것은 열심히는 하지만 허둥대기만 하던 여자아이.

'괜찮을까…….'

교문을 지난 하야토의 다리는, 정신이 들자 화단 쪽으로 향하고 있었다.

화단이 있는 장소는 학교 뒤편이라고는 해도 볕이 잘 드는 장소였다. 오가는 사람도 적으니까 교내에서 식물을 기르기에는 최적이리라.

멀리서도 주키니의 크고 노란 꽃이 몇 송이나 피어 있는 것을 확인할 수 있었다. 그것들 앞에서 츠키노세의 겐 영감네 양과 닮은 곱슬머리 여자아이가 허둥지둥하는 모습이 보였다.

"안녕, 뭐 하고 있어?"

"삐얏! ……아, 어제 봤던."

"꽃, 피었네. 수분은?"

"어어, 저기 그게……."

"면봉이 있다면 편할 텐데."

"……없어, 요."

원예부 여자아이는 부끄러운 듯이 얼굴을 붉히며 고개를 숙여버렸다.

아무래도 조사를 제대로 하지 않은 모양이었다.

이대로 아무것도 안 한다면 주키니 열매는 크게 자라지 못할 것이다. 군이 말을 건네고는 잘 있어, 하고 떠날 정도로 하야토는 매정하지 않았다.

"어―, 밑쪽에 열매가 될 녹색 부분이 있는 게 암꽃, 없는 게 수꽃이야. 꺾어도 될까?"

"후에? 아, 예, 잘 부탁합니다!"

"꽃잎은 방해되니까 뜯어버리고…… 드러난 수술을 이렇게, 암술에 문질러. 알겠지?"

"해, 해볼게요! 이렇게, 일까……. 저기, 그게."

"한 번에 꽃가루를 전부 묻히는 게 아니라, 수술 하나로 암술 두세 개 정도는 할 수 있어."

"아, 예!"

하야토의 조언을 듣고 그녀도 수분에 착수했다.

밭과 비교하면 작지만 화단치고는 상당한 크기였다. 조회까지 시간은 얼마 남지 않았다.

조금 서두르면서도, 하야토도 오랜만의 농사일에 신이 났다. 자연스럽게 입가도 풀어졌다.

"저, 채소는 멋대로 자라는 거라고 생각했어요……."

"응?"

"수술과 암술이 붙고, 그런 행위로 열매가 맺히고……. 아아, 이 아이들도 살아있구나 싶어서요. 그리고 저희는 그걸 먹는군요……."

"그런, 가. 그러네……. 응, 그 말이 맞아."

하야토에게 밭일은 가까운 생활의 일부였다.

츠키노세는 농가가 많기에 이런 일은 부지기수였다. 단순한 작업 중 하나로 생각하게 되어버렸다.

그렇기에 원예부 여학생의 의견은 신선해서 무심코 그녀의 얼굴을 빤히 쳐다보고 말았다.

하야토의 시선을 깨달은 그녀는 서서히 얼굴을 붉게 물들이는가 싶더니, 갑자기 일어서서는 손을 바동바동하며 허둥대기 시작했다.

"저기 그게 이상…… 이상하죠! 수술과 암술이라니 그건 야한…… 하으으으."

"자, 잠깐만!"

"아니 그게, 수술과 암술의 이건 아기 만들기——뀨우우."

"좀 진정해!"

갑작스러운 그녀의 폭주에 하야토도 어쩌면 좋을지 알 수 없었다.

하야토에게는 또래 여자에 대한 대응력이라는 것이 절대적으로 부족했다.

"수술과 암술에 빨간 얼굴의 미타케…… 대체 이건 뭘 하는 건가요, **키리시마 군.**"

"니, 니카이도!"

"하루…… 니카이도."

그런 두 사람의 상황에 딴죽을 걸듯이, 하루키가 나타났다.

날카로운 눈빛에 드리운 것은 타박하는 기색이었다. 원래 미소녀인 만큼 묘한 박력이 있어서 하야토와 원예부 여학생은 뒷걸음질 치고 말았다.

"저기 으음 그게, 저…… 아, 안녕하세요, 실례할게요!"

"……앗."

여학생은 그런 분위기를 더는 견딜 수 없었는지, 원래부터 한계였던 것도 있어서 토끼처럼 도망쳤다.

뒤에 남겨진 하야토는 뾰로통한 분위기의 하루키와 단둘이 있게 되어버렸다.

"이건 말이지, 그게……."

"후후. 역시 저 아이, 겐 씨한테 혼나고 도망치는 양들이랑 닮았네, 하야토."

"……하루키?"

어떻게 변명할지 생각하고 있었지만 예상과 다르게 신이 난 하루키의 목소리가 돌아왔다. 표정은 장난이 성공했다는 듯한 악동의 얼굴 그 자체였다.

"언제부터 보고 있었어?"

"수분이 반쯤 남았을 때부터? 뭘 하는 걸까 싶어서 봤더니 쟤가 갑자기 빨개져서는 허둥대길래, 여기선 내가 도와줘야겠구나 싶었거든."

"꽤나 전부터 보고 있었잖아. 그럼 바로 말을 걸지……. 나한테 이상한 소리를 했구나 싶을 거야, 저 애."

"나한테는 학교에서의 입장이라든지 캐릭터가 있으니까 말이야—, 어쩔 수 없거든요—."

"나는 상관없냐고."

"하야토는 괜찮아."

하루키는 빙글, 치마를 펄럭이더니 즐겁다는 미소를 띠고서 말했다.

"왜냐면, 친구인걸."

"……그게 뭐야."

터무니없는 논리였다.

두 사람 사이에서 쿡쿡 소리 죽인 웃음이 흘러나왔다.

'뭐, 상관없나.'

어찌 된 영문인지 그렇게 생각해버리는 하야토였다.

겸사겸사라는 듯, 하루키와 함께 화단에서 교실로 향했다.

어느덧 상당히 시간이 흘렀다. 현관은 멀어서 옛날처럼 어깨를 나란히 종종걸음으로 서둘렀다.

그런 가운데, 하야토는 문득 하루키의 시선을 느끼고는 옆을 봤다.

"응, 뭐야?"

"아무것도 아닌데~? 왜 내가 올려다봐야 될까, 그런 생각은 안 했거든~?"

"……어린애냐!"

"치잇."

고개를 홱 돌리고는 "옛날에는 내가 더 컸는데"라고 중얼거리는 하루키.

그런 **하루키**다운 언동에, 하야토도 어이없어하면서도 웃음 섞인 한숨을 내쉬고 말았다.

옛날도 지금도 변함없는 소꿉친구. 같은 과거와 추억을

공유하는 사이.

하지만 교실로 발길을 들이자 둘은 금세 시원찮은 전학생과 절벽 위의 꽃인 우등생으로 변해버렸다.

"아, 니카이도."

"그래, 이건 니카이도한테 물어보자. 영어 숙제 말인데, 여기 해석이 있잖아……."

"미안해, 이것도 겸사겸사 가르쳐줘."

"나도!"

"저기, **저** 말인가요? 예, 알겠어요."

다시 내숭을 부리는 하루키는 남녀 불문하고 눈 깜박할 사이에 둘러싸였다. 순식간에 옆자리 주위의 인구가 과밀해졌다.

아무래도 어제 나온 숙제 때문에 하루키에게 물어보고 싶은 것이 있는 모양이었다.

'그러고 보니 성적이 우수했던가.'

어제 들은 이야기를 떠올렸다. 그럼에도 우르르 밀려든 사람 중에 몇 할 정도는 단순히 하루키랑 이야기를 나누고 싶을 뿐인 것 아닐까, 그런 생각을 해버렸다.

그건 분명 하루키 본인도 알고 있으리라.

그럼에도 조용히 미소 짓고 단아하게 대답하는 모습을 보면 확실히 인기가 있는 것도 납득이 갔다.

옆자리이기는 하지만 시골뜨기라서 인파를 거북해하는 하야토는, 자주적으로 창가까지 피난을 가서 인기 넘치는 소꿉친구의 모습을 관찰하기로 했다.

'위장, 이라고 했던가.'

어제 이야기를 떠올렸다. 하야토도 처음에는 그 위장에 속은 사람 중 하나였다.

다만 속았다고 해서 하루키한테 이러쿵저러쿵할 생각은 없었다.

하야토에게 하루키는 어디까지나 **하루키**였다.

위장에도 무언가 이유가 있을 것이다. 억지로 캐물을 생각도 없었다. 혹시 필요하다면 말해줄 거다──그런 신뢰감이 있었다.

지금은 그저 힘들겠구나, 하면서 사람들에게 둘러싸인 하루키의 모습을 바라보고 쓴웃음을 흘릴 뿐이다.

"니카이도, 엄청 인기 많지? 저거 항상 있는 일이야."

"장난 아니네. 외모는 확실히 예쁘다고 생각하는데……으음?"

"그러고 보니 자기소개 아직 안 했던가? 모리야. 모리 이오리. 잘 부탁해, 전학생──아니, 키리시마."

"어, 잘 부탁해, 모리."

이야기를 건넨 것은 밝게 탈색한 머리카락이 특징적인, 조금 가벼운 느낌의 남학생이었다. 어제 적극적으로 질문하던 사람 중 하나이기도 했다.

모리는 싱글싱글 미소를 띠면서도 하야토 옆에 자리 잡고서 함께 하루키 쪽으로 시선을 옮겼다.

"뭐, 전학 오자마자 저 무리 안으로 뛰어드는 건 좀 힘들겠네."

"나는 딱히 그런 건…… 너야말로, 저쪽으로 안 가도 되겠어?"

"절벽 위의 꽃이니까. 애초에 난 여자친구도 있으니까 관상용이라는 느낌?"

"그래?"

"나 말고도 그런 애들이 꽤 있어."

"호오."

교실을 둘러보니 친구들끼리 대화를 나누는 사람, 열심히 숙제를 베끼는 사람, 문고본을 펼치고서 독서의 세계에 몰두하는 사람 등, 다양한 사람들을 볼 수 있었다. 그들도 이따금 하루키 쪽으로 시선을 옮기는 일이 있지만, 모두가 하루키에게 잔뜩 흥미가 있는 것은 아닌 듯했다.

니카이도 하루키는 특별한 존재다.

특별하기 때문에, 자신들과는 사는 세계가 동떨어져 있다──그렇게 생각하는 사람도 많을 것이다. 하야토 본인도 그렇게 생각하는 사람들 중 하나였다. 그럴 터였다. 그럴 터인 것이었다. 하지만 어째서일까, 하루키를 보고 있었더니 미간에 주름이 생겨버렸다.

"……."

"……그렇구나, 그래그래, 힘내라고 키리시마."

"어? 갑자기 뭐라는 거야?"

"자자. 이해한다니까."

"아니, 잠깐만. 뭔가 오해하고 있어!"

"하핫."

무슨 생각을 했는지 모리는 그런 하야토를 놀리듯이 농담을 던졌다.

미묘한 기분이 들었던 것은 부정할 수 없었다.

7년이라는 시간은 상상 이상으로 길다. 서로 모르는 일도 많을 것이다. 하지만 그때처럼 어린애는 아니었다.

'이러면…… 역시 학교에서는 엮이지 않는 게 나으려나.'

용모 단정, 문무 양도. **니카이도 하루키**는 절벽 위의 꽃이자 인기인. 학교의 아이돌 같은 여자아이.

『위장』을 하고 있다고 말했다. 즉 그런 위장을 해야만 하는 이유가 있다는 것이다. 그에 맞추는 것도 과거와 다름없는 친구로서, 소꿉친구로서의 역할임에 틀림없다.

"후우……."

"키리시마?"

"어, 아무것도 아니야."

"그래?"

조금 쓸쓸한 기분도 있었다.

하지만 하야토는 스스로를 타이르듯이 한숨을 내쉬고 하루키를 지켜봤다.

그리고 찾아온 점심시간.

그 사이에도 계속 하야토는 모두에게 잔뜩 둘러싸인 하루키를 보았다.

학교에서는 하야토와 사는 세계가 다르다. 그 사실을 눈앞에서 목격한 모양새였다.

"키리시마 군, 좀 어울려주세요."

"하…… 니카이도?"

그래서 한순간, 그 말이 무슨 의미인지 알 수 없었다.

하야토는 곤혹스러워하며 하루키를 바라봤지만 그녀의 얼굴은 조금 전까지와 마찬가지로 고요한 미소를 머금고 있었다. 그러나 눈빛에는 어쩐지 절박하게 진심을 드리우고 있어서 무시할 수도 없을 것 같았다.

교실이 갑자기 술렁이기 시작했다.

니카이도 하루키는 절벽 위의 꽃이고, 그녀의 행동은 모두의 주목을 받는다.

하루키 본인도 그것이 마땅하다는 듯 행동했으니 그 가치를 올바르게 이해하고 있을 터였다.

그녀가 먼저 아무 용건도 없이 남자에게 말을 건넸다──그것은 주위에 다양한 억측을 부르고 마는 특별한 일이었다.

"니카이도가 전학생한테?"

"설마, 취향이라든지……."

"아니, 전학생이니까 당연히 뭔가 용건이 있는 거겠지, 제발!"

주위에서 흥미와 질투가 뒤섞인 시선이나 소곤소곤하는

목소리가 들렸다.

이미 주목의 표적이 되어 있었다. 이제 없었던 일로 하기는 어려웠다.

그것은 하야토도 하루키도 어쩔 수 없이 이해하게 되었다.

"으음 그게, 그거, 그거예요. 그거 말이에요."

"그거……? 니카이도?"

그럼에도 하루키는 전과 다름없이 시원스러운 표정 그대로 '그거'를 연호했다. 참으로 그거였다.

하지만 옆에서 보면 오히려 하야토가 왜 모르냐고 책망을 당하는 것 같은 구도가 됐다. 하야토는 지금 그녀가 본인의 실패를 깨닫고는 전력으로 얼버무리려고 한다는 사실을 알아차리고 말았다.

'그러고 보니…….'

예전 일을 떠올렸다.

어릴 적, 하루키가 신이 나서는 목장과 밭을 구분하는 나무 울타리 위에서 걷다가 갑자기 망가뜨리고 만 적이 있었다.

다행히도 그때는 농사일을 하던 어른들 덕분에 양이 도망치지도 않고 무사히 넘어갔다.

나무가 썩어 있던 것이 원인이라 하루키한테 책임도 없었고 다치지도 않았지만, 그때의 하루키는 자신이 잘못을 저질렀다는 생각에 지금처럼 『그거야 그거. 그거 그렇게 되어서 그거……』라며 그저 그거라고 연호했던 것이다.

새침한 표정을 띠고 있지만 하야토에게 지금의 하루키는

그때의 **하루키**와 완전히 똑같아 보였다. 조금 더 말하자면 도움을 원하는 것 같은 눈빛까지 그 무렵과 똑같았다.

'……정말이지.'

하야토는 연신 치밀어 오르는 미소를 참으며 어떻게 할지 말을 골랐다.

"아, 그거 말이지. 오늘 아침에 내가 화단에서 부탁했던 그거."

"아! 그, 그래요, 그거예요. 빨리 마쳐두고 싶어서…… 지금, 괜찮을까요?"

"알았어."

"아, 가방도 같이 부탁할게요."

"예예."

순간적인 애드리브였다.

하지만 이것으로 『부탁받은 일을 빨리 마치고 싶으니까 서둘렀다』라는 구도로 바꾸는 데 성공했다.

주위에서도 "뭐—야" "하긴—"이라는 안도의 분위기가 퍼지며 점차 흥미가 식었다.

하루키는 하야토가 봐도 명백하게 안도한 표정을 띠고서, 얼버무리듯이 서둘러 교실을 나갔다. 고개를 내저으며 한숨을 내쉰 하야토에게 모리가 싱글대며 말을 건넸다.

"한 건 했네, **전학생**."

"하하, 시끄러워."

◇ ◇ ◇

하루키와 함께 향한 곳은 구교사에 있는, 조촐하고 아무 것도 없는 방이었다.

넓이는 대략 교실 사분의 일 정도. 가늘고 긴 판자가 깔려 있어서 역사가 느껴지는 낡은 장소였다. 하지만 바닥에는 먼지 하나 없이 제대로 손질된 흔적이 있었다.

"……여긴?"

"음— 비밀기지. 이쪽은 자료 창고로밖에 안 쓰니까 아무 도 안 오거든."

"기지치고는 지나치게 아무것도 없잖아."

"아하, 그건 그래. 다음에 뭔가 가져오자. 피난소도 겸해서."

"피난소인가."

주위의 시선이 없는 탓인지 하루키는 어제 자기 방과 마찬가지로 골목대장 모드였다.

치마 따위는 신경 쓰지 않고 책상다리로 털썩 앉았다. 잠시 망설이기는 했지만 그래도 양말까지 벗는 것은 주저하는 모양이었다.

'이거, 우리 반 애들한테는 못 보여주겠네.'

하야토는 미간을 누르면서도 주위를 둘러봤다.

마룻바닥에 아무것도 없는 작은 방.

비밀기지치고는 허전한 장소.

그저 떠들썩한 곳을 벗어나기 위한 피난소.

빈방이라고 해도 자료도 뭣도 놓여 있지 않은, 창문이 달려 있을 뿐인 살풍경한 방이었다.

"……여긴 대체 어떻게 온 거야?"

"우연히 찾았어. 열쇠도 있다고?"

"괜찮아?"

"안 들키면 괜찮아. 하야토도 앉지 그래?"

"정말이지."

　하루키 앞에서 하야토는 똑같이 책상다리로 마주 앉았다.

"그래서? 대체 무슨 생각이야?"

"어, 으—응…… 뭐라고 할까…….."

　신음하며 어영부영 대답을 하는 하루키. 무언가 주저하는 모양이었다.

　조금 전에 하루키는 하야토를 초대했다.

　평소처럼 가면은 쓰고 있었지만, 경솔한 행동이라고도 할 수 있었다. 하지만 무언가를 강하게 호소하는 눈빛이 인상에 깊게 남아 있다. 그렇게 해서까지 무언가 말하고 싶은 것이 있으리라.

"안 웃을 거지?"

"일단 들어보고."

"웃으면 빚이야."

"그래."

　하루키의 진지한 눈빛이 하야토를 포착했다. 하야토도 그 마음을 받아들이고자 자세를 바로 했다.

"사실은 나………… 친구랑 점심을 먹는 게 꿈이었거든."

"…………뭐?"

저도 모르게 얼빠진 목소리가 나왔다.

그것을 어이없게 여겼다고 착각한 하루키는 예쁜 눈썹을 추켜세우며 항의했다.

"뭐야! 나한테는 엄청 중요한 일이라고! 나는 말이지, 그러니까…… 누구랑 먹느냐든지 그런 식으로 다툼이 벌어진 것도 있었으니까……. 그래서 계~속 혼자 먹었으니까, 그게……."

"…………."

마지막에는 기어들어 가는 듯한 말투였다.

내용은 쉽게 상상할 수 있었다.

조금 전까지의 교실 풍경과, 피난소라고 부른 이 빈방.

분명 그렇게 된 거겠지.

이 방에서 계속 홀로 점심시간을 보냈던 건가 생각하자 가슴이 아팠다.

'나 참……!'

하야토는 그 아픔을 얼버무리듯이 머리를 벅벅 긁고 가방에서 도시락을 꺼냈다.

"그런가, 그럼 앞으로는 매일 꿈이 이루어져 버리겠는데."

"하야토……."

"아니야?"

"아니, 맞아. 그럼 이건 내가 보내는 빚인 걸로!"

"싸구려 빚이네."

"아하, 그럼 열 번에 빚 하나로 하자."

"그래서는 하루키 빚만 쌓이잖아……. 딱히 용건이 없다면 점심에는 여기서 집합. 그렇게 약속하는 건 어때?"

"약속…… 그래, 약속…… 응. 약속이야, 하야토!"

"어, 어어."

하루키는 깜짝 놀라서 눈을 깜박거리는가 싶더니 돌변해서, 어린아이처럼 천진난만한 미소를 꽃피웠다. 감정을 억누를 수가 없는지 흥분한 기색이었다. 이마가 들러붙을 것만 같이 하야토에게 바짝 다가왔다.

'너, 너무 가깝잖아!'

하루키는 겉보기엔 미소녀다. 그것은 하야토도 인정할 수밖에 없는 사실이었다.

그런 하루키가 다른 사람에게는 절대로 보여주지 않을 만큼 활짝 지은 미소를 이렇게까지 가까운 곳에서 보여주면, 두근두근하고 마는 것은 어쩔 수 없는 일이리라.

하야토는 그런 속마음을 들키는 것이 어쩐지 분하다고 생각했다.

"떨어지라고."

"아, 미안미안."

그래서 다소 억지로 하루키를 밀어내고는 무뚝뚝하게 오른손 새끼손가락을 내밀었다.

스스로도 어린아이 같은 짓을 한다는 자각은 있었다.

"약속, 이네."

"응, 약속. 에헷."

얽히는 새끼손가락. 시시한 비밀 약속. 서로가 흘리는 웃음소리.

또 하나, 그때처럼 두 사람 사이에 추억이 생긴 것이었다.

제 3 화

흔하디 흔한 식탁

키리시마가는 요전에 막 이사를 왔다.

식기나 여름옷, 필기도구랑 노트, 그리고 교과서 같은 교재. 생활에 꼭 필요한 물품은 풀어 놓았지만 아직 뜯지 않은 것도 많았다. 하야토의 방에도 종이상자가 산더미처럼 쌓여 있었다.

"그럼, 해볼까."

하야토는 귀가 후, 옷도 대충 갈아입고 개봉 및 분류 작업에 몰두했다. 며칠 동안은 이것들의 정리정돈에 쫓기게 될 것이다. 쓸데없이 넓었던 츠키노세의 시골집과 달리 공간이 한정된 방 세 개짜리 아파트는 하야토를 무척 고민하게 만들었다.

"오빠 있어? 들어갈게."

"응?"

대답을 기다리지 않고 히메코가 방으로 들어왔다. 교복 차림 그대로, 한 손에는 스마트폰.

"연락, 아버지한테 왔어. 오늘도 어머니한테 간대."

"저녁은 괜찮다는 건가."

"응, 맞아. 오빠도 이제 스마트폰 좀 사지 그래? 내가 연락 담당이 됐잖아."

61

"하하, 미안미안."

"정말……!"

하야토는 어이없어하는 히메코의 목소리를 등 뒤로 흘려들으며 냉장고로 향했다.

어제와 오늘 아침에 대청소를 하듯이 식재료를 썼으니까 내용물은 서글픈 상태였다.

"비었네……. 냉동실에 뭐 있었던가."

"저기, 오빠."

"응?"

문득 셔츠 등을 잡아당기는 느낌이 들었다.

무슨 일인가 싶어서 돌아보니 무언가를 참는 것 같은, 살짝 근심을 드리운 히메코의 얼굴이 날아들었다. **그때**를 방불케 하는 얼굴이었다.

하지만 히메코는 애써 밝은 목소리로 하야토에게 졸랐다.

"나 있지, 오늘은 오빠의 욕심쟁이 햄버그가 엄청 먹고 싶은 기분이야."

"……그거, 엄청 귀찮다고. 장도 보러 가야 되고."

"알아. 나도 도울 테니까, 응?"

"나 참."

여동생이 그런 얼굴로 부탁하면 하야토로서는 거절할 수도 없었다.

빨리 가자고 재촉하는 히메코의 손에는 이미 집안 살림용 지갑이 들려 있었다.

아무래도 같이 갈 생각인 듯했다. 혼자 있고 싶지는 않은 모양이었다.

하야토는 그런 동생의 머리를 조금 난폭한 느낌으로 휘저었다.

"잠깐, 갑자기 뭐 하는 거야! 머리카락 흐트러진다고!"

"괜찮아. **그걸 위해서** 병원을 옮긴 거잖아?"

"어………… 응…………."

"자, 해지기 전에 빨리 가자. 난 아직 슈퍼 위치가 잘 기억이 안 나거든."

"정말이지, 오빠는 어쩔 수 없다니까."

하야토도 애써 밝은 목소리로 말했다.

집을 나선 히메코는 불안을 떨쳐내듯이 자연스럽게 걸음이 빨라지며, 하야토를 잡아당기는 모양새로 앞서갔다.

근처에 있는 것은 지극히 평범한 슈퍼였다.

다양한 채소에, 고기나 생선 같은 신선 식품. 우유를 시작으로 다양한 종류의 음료에 조미료. 각양각색의 과자류에 약간의 잡화. 특별할 것은 없는 슈퍼였다.

하지만 키리시마 남매에게는 그렇지 않았다.

두 사람은 가까운 곳에서 물건을 산다고 하면 반쯤 취미로 운영하는 낡고 잡다한 개인 상점이나 농협의 구내매점, 조금 떨어진 곳에 있는 휴게소 정도밖에 몰랐다. 하야토와 히메코에게 다양한 물건을 한 장소에 모아놓은 슈퍼는 흡사

식품의 놀이동산 같았다.

"어, 반찬 코너…… 그렇게나 귀찮은 고로케가 하나에 38엔?!"

"오빠, 여기 봐! 냉동인데 와플이랑 케이크가 있어!"

"파스타 종류가 너무 많아서 차이를 모르겠어……."

"드, 드레싱 종류도 한가득이라 뭐가 뭔지 모르겠다고……!"

하야토와 히메코는 낭비를 하지 않도록 자제심을 발휘하느라 고생했다. 이날, 장을 볼 때에 과자는 한 번에 200엔까지라는 키리시마가 규칙이 제정되었다.

슈퍼에서 돌아왔더니 완전히 해가 진 뒤였다.

조명을 켜고 서둘러 조리를 개시했다.

"히메코는 채소를 잘게 다져줘. 나는 버섯을 손질할 테니까."

"예―. 그건 그렇고, 이쪽은 채소가 그렇게나 비싸구나……. 이래서는 정말로 욕심쟁이 햄버그야."

"하핫, 츠키노세에선 버섯도 채소도 미처 다 못 먹을 만큼 이웃집에서 줬으니까."

욕심쟁이 햄버그란 채소를 잔뜩 넣은 햄버그다.

재료로는 양파 외에 양배추와 가지가 들어가서, 채소 각각의 단맛에 다진 고기의 기름도 빨아들여 고기의 감칠맛을 이끌어 낸다. 옛날에는 그야말로 받은 채소를 뭐든지 넣었지만 시행착오 끝에 이것들이 고정 멤버가 되었다.

그에 뿌리는 것은 표고버섯, 만가닥버섯, 잎새버섯, 팽이버섯, 새송이버섯까지 다양한 버섯을 간장과 미림, 설탕으로 졸이고 전분을 물에 풀어 끈기를 더한 일본풍 버섯 소스다.

햄버그만이 아니라 흰살생선이나 오므라이스, 파스타 소스에도 잘 어울리니까 많이 만들고 남은 것은 플라스틱 용기에 담아서 냉장고행.

채소 끄트머리 같은 것들은 아까우니까 된장국에 넣으면 저녁식사 완성이었다.

"잘 먹겠습니다―…… 으음~ 뜨거워! 오빠, 물!"

"예예, 뭐 하는 거야……."

저녁이 완성되었을 무렵에는 오후 여덟 시를 훌쩍 넘은 시각이었다.

하야토는 서둘러서 먹다가 뜨겁다고 소란스러운 히메코에게, 어쩔 수 없다고 한숨을 내쉬며 물을 내주었다. 하지만 맛있게 먹는 히메코의 모습에 표정도 풀어졌다. 맛이 진한 욕심쟁이 햄버그는 공복도 어우러져서 무척 밥도둑이었다.

"역시 오빠 소스는 술이랑 맞을 것 같은 맛이네."

"히메코, 술은 마셔본 적도 없잖아. 뭐, 씁쓸한 소주에 잘 어울린다는 평가는 받았지만."

"흐히히. 뭐, 맛있어."

"그러냐."

"……오빠가 **처음으로** 만들었던 게, 이 욕심쟁이 햄버그였었지. 나한테도 추억의 맛이라고 할까…… 뭔가, 엄청 요리가 능숙해졌네."

"……그러게."

"그러니까 앞으로도 잘 부탁해, 오빠."

"히메코도 좀 배워."

"냉동이나 인스턴트라면 잘해!"

"……나 참."

하야토와 히메코. 오빠와 여동생. 밝은 목소리의 두 사람
뿐인 식탁. 둘에게는 너무나도 넓은 식탁. 조금 쓸쓸하게 느
껴지지만, 두 사람에게는 흔하디흔한 광경이기도 했다.

제4화 익숙하지 않은 일, 거북한 일

막 전학을 온 하야토로서는 아직 익숙하지 않은 일도 많았다.

츠키노세 시골과 다르게 등교 중에 트랙터와 마주치는 일도 없고, 사슴이나 멧돼지가 학교 안으로 들어오는 일도 없었다. 교실도 만석이었다.

그것은 체육 시간에도 마찬가지였다.

"공 그쪽으로 간다!"

"뭐냐, 거기서 타이밍을 맞춰?"

"그래도 페인트에는 재미있을 정도로 걸리는데?"

"……큭!"

이날은 옆 반과 합동으로, 남녀 별도로 그룹을 만들어서 각종 구기 종목을 진행하고 있었다.

참고로 하야토의 그룹은 축구였다.

시골의 밭일로 단련된 신체 능력은 또래 중에서도 월등해서 주위를 크게 놀라게 만들었다.

그리고 온갖 페인트나 테크닉에 재미있을 정도로 희롱당하는 모습을 드러내어 주위를 거듭 놀라게 만들었다.

주위에서는 그런 전학생을 웃음과 함께 따뜻하게 맞아들였다.

"수고했어, 키리시마. 뭐, 그 뭐냐. 이래저래 굉장한데, 너…… 크큭!"

"시끄러워. 오늘이 처음이었잖아, 모리. 츠키노세에는 구기 종목이 가능할 정도의 사람이 없었다고."

"하하, 그렇구나. 그래서…… 응?"

"응? 저건 뭐야?"

와아아아아, 갑자기 커다란 함성이 체육관 쪽에서 들렸다.

운동장과 체육관의 공간은 유한하다. 모두가 한 번에 경기를 진행하지는 못하니까 절반은 견학이었다. 그렇게 견학 중일 터인 대부분이 체육관에 모여 있는 모양이었다.

축제 때보다 더 모여드는 사람들이 하야토의 흥미를 강하게 끌었다. 대체 무엇을 보고 있는 걸까.

"아, 승리의 여신이 강림했나."

"승리의 여신?"

하야토는 모리의 재촉에 따라 체육관으로 향했다.

그곳에는 하늘을 내달리는 여신 같은——하야토의 주관에 따르면 원숭이가 있었다.

"어떻게 거기 있는데?!"

"체공 시간 너무 길다, 진짜 나는 거 아냐?!"

"공은 가능한 한 니카이도한테 돌려!"

"마크가 항상 셋은 붙어 있잖아?!"

그것은 여자 농구 경기였다.

한 소녀를 중심으로 공방이 어지럽게 바뀌는 모습은 손에

땀을 쥐게 했다.

그녀는 공과 함께 코트 안을 종횡무진 돌아다니며, 한곳에 머무르지를 않았다.

인간을 벗어난 각력과 체력으로 상대 팀을 희롱하는 모습은 흡사 나무에서 나무로 뛰어다니는 원숭이 그 자체.

이 경기의 재미있는 부분은 하루키만 눈에 띄는 것이 아니라는 점이었다.

들리는 소리에 따르면 아무래도 상대는 만년 1회전 탈락의 약소팀이라고는 해도 절반이 여자 농구부원으로 채워져 있는 모양이었다. 하루키의 활약이 눈에 띄는 만큼, 그것을 제압하며 일진일퇴의 경기를 전개하는 그녀들의 정교한 팀 플레이도 도드라졌다.

무심코 빨려들고 마는──그런 경기였다.

그리고 하야토에게는 이 경기에 강한 기시감이 있었다.

'보여주는 플레이…… 저 녀석, 놀고 있구나.'

하루키는 옛날부터 게임만이 아니라 강으로 뛰어들 때, 담장을 뛰어넘을 때, 주운 막대기를 휘두를 때, 묘하게 멋을 부리는 버릇이 있었다.

지금도 상대팀은 호흡이 무척 거친데도 불구하고 하루키는 여유가 있는지 태연한 표정이었다. 무심코 미간에 주름을 띠며 이상한 한숨을 흘리고 말았다.

"하아…… 역시 니카이도는 굉장하네, 키리시마."

"허어…… 그러네. 진짜 굉장해, 모리."

"농구도 그렇지만, 저것도 굉장하고."

"저거?"

무슨 뜻이냐며 모리의 얼굴을 봤다. 모리는 한심한 표정이었다.

살짝 시선을 돌려보니 비슷한 표정을 지은 남자가 넘쳐났다.

의아해서 그들의 시선을 따라가자 어느 한 점에 다다르고 말았다.

"허?!"

"어때, 굉장하지?"

"아니, 무슨, 저기, 그게."

하루키의 가슴이었다. 그렇다, 가슴이었다.

주위와 비교해서 특별히 큰 건 아니었다.

하지만 코트가 비좁다는 듯이 활개 치는 하루키의 운동량은 타의 추종을 불허했다.

출렁출렁 세로로 움직이고, 흔들흔들흔들 가로로 움직였다. 이따금 공과 함께 페인트를 걸면 뭉클, 크게 호를 그렸다.

"저건 그야말로 예술이야."

모리가 감탄한 듯 중얼거렸다. 마치 동의라도 하듯 목이 꿀꺽 움직였다.

크기는 표준 레벨이나 그 이하지만 유연하고 건강미 넘치게 움직이는 그것은 충분히 이성을 의식하게 만드는 것이었다.

'이것 참, 뭐 해. 저건 하루키라고!'

머리로는 필사적으로 스스로를 타일렀지만 슬프게도 하야토 역시 사춘기 남자, 한번 그 사실을 깨달아버리면 아무래도 계속 흘끗흘끗 보고 만다. 주목하려다가——.

"——."

"윽!"

그때 갑자기 슛을 날린 하루키가 하야토의 시선을 알아차렸다. 한순간 『어떠냐!』라는 듯 득의양양한 표정으로 미소를 지었다. 너무나도 절묘한 타이밍이었다.

'보던 거 들켰나?! 아니, 안 들켰겠지?!'

그런 상반되는 생각이 머릿속을 빙글빙글 돌아다니고 얼굴은 점점 뜨거워졌다.

더는 이 자리에 있을 수가 없었다.

"어라. 어디 가, 키리시마?"

"어— 그게 그러니까, 나 시골 출신이잖아, 인파에 취해버려서."

"그런가, 아쉽네."

"하, 하핫……."

휘청휘청 체육관을 뒤로했다. 더위 탓도 있어서 머리가 끓어오르는 것 같았다.

식히기 위해 수도꼭지 밑으로 머리를 집어넣고 물을 틀었다.

물소리에 섞여서 변함없는 함성이 등을 때렸다.

그것이 어쩐지 짜증과도 닮은 감정을 자극했다.

"아아, 젠장!"

하루키에게 휘둘리고 있는 게 분명했다. 자포자기해서는 물을 계속 뒤집어썼다.

아직 익숙해지지 못한 일이 많은 듯했다.

점심시간. 그 비밀기지.

하루키는 득의양양한 얼굴로 조금 전의 농구 경기를 자랑했다.

"어땠어, 내 활약은? 나도 꽤 하지!"

"……그러네."

반면에 하야토는 뾰로통한 표정으로 흘려듣는 것 같은 태도였다.

사실 하루키는 하야토가 축구에서 재미있을 만큼 페인트나 테크닉에 희롱당하는 모습을 똑똑히 관찰했다. 그 사실도 있다 보니 하야토가 분한 탓에 그런 태도를 취한다고 생각해서 더더욱 자랑스럽다는 표정으로 거만하게 굴었다.

하지만 하야토의 상황은 그렇지 않았다. 뭔가 계기가 생겨 조금 전의 일을 떠올린다면 하루키를 강하게 이성으로 의식해버릴 것만 같았다.

"그래서."

"그래서?"

"경기, 어떻게 됐어? 나 마지막까지 안 봤거든."

"분하게도 졌어. 하야토는 어느 쪽을 응원했어?"

"……."

"……."

질문이 질문으로 돌아오고 말았다. 짓궂은 그 표정은 명백하게 하야토를 놀리면서 즐거워한다는 것을 알려주었다.

지금 하루키는 체육으로 몸이 달아올랐는지 양말은 커녕 여름용 니트까지 벗고, 블라우스 가슴께도 느슨히 풀고는 파닥파닥 손으로 부채질을 하는 중이었다.

어떤 의미로 선정적이긴 하지만, 동시에 다른 사람한테는 보여줄 수 없을 법한 안타까운 모습이기도 했다. 하야토 앞에서만 드러내는 모습이었다.

'뭐, 하루키답나.'

그리 생각하니 어쩐지 의식하는 것이 바보 같다는 생각이 들었다.

미간의 주름도 점점 풀렸다.

"정말이지, 듣고 있어?"

"예예. 내가 졌다고, 졌어. 하루키한테는 못 당하겠네."

"오, 간신히 인정했네. 이건 나한테 빚 하나로 괜찮지 않을까?"

"무슨 빚인데."

"누가 분위기를 띄웠는지 승부?"

"분위기를 띄운다니…… 정말이지, 대단하신 **배우**시네."

"……………………배우, 인가."

"……하루키?"

갑자기 하루키의 분위기가 바뀌었다.

조금 전까지의 들뜬 것 같은 가벼운 분위기는 날아가고 무거운 분위기가 그를 대신했다.

얼굴에 미소를 띠고는 있지만 그녀는 무언가 아픔을 견디는 것 같이 침통했다. 보는 하야토가 다 마음이 아팠다.

하야토는 어째서 이렇게 되었는지 알 수 없었다. 다만 실제로 무언가 지뢰를 밟았음을 이해하고는 동요해버렸다.

"……하야토는 말이지, 나랑 전혀 다르네."

"뭐, 잠깐, 하루키?!"

문득, 하루키가 지은 미소의 성격이 변한 것 같았다. 그녀는 마치 사냥감을 노리듯이 네 발로 기어서 하야토 곁으로 다가왔다.

하루키는 하야토의 가슴에 손을 턱 얹는가 싶더니 무언가를 확인하듯 요염하게 손가락을 움직였다.

"여기, 엄청 딱딱해……. 근육인가, 운동했어? 아니면 남자애니까? 옛날에는 나랑 별로 다르지도 않았는데."

"그, 그만해 하루키……!"

"왜?"

"왜긴 왜겠어……!"

하야토의 얼굴은 하루키의 손끝 탓에 새빨개졌다.

유연하고 부드러운 그 손가락은 각각이 의지를 가진 것처럼 독립적인 움직임으로 가슴을 쓰다듬고, 때로는 셔츠 안으로 침입해서 맨살을 더듬었다.

미지의 자극을 가하는 소꿉친구의 손가락 움직임에 하야토는 더 이상 견딜 수가 없었다.

"간지럽다고, 그만해!"

"아앙!"

하루키를 억지로 떼어낸 하야토는 눈에 눈물을 글썽이며 원망스럽게 쏘아봤다.

하루키는 어떻냐면, 커다란 눈을 두세 번 끔벅거리나 싶더니 푸픕, 웃음을 터뜨렸다.

"아하, 미안미안! 그렇게나 간지러웠어?"

"적당히 하라고."

"그래도, 그게……. 하야토는 있지, 이렇게 연기를 해서 모두를 속이는 거, 어떻게 생각해?"

"어떻기는. 하루키구나, 싶을 뿐이야."

"……그런가."

그러면서 눈을 가늘게 뜬 하루키는, 이 이야기는 끝이라는 듯이 점심을 꺼냈다.

평소와 같이 젤리 음료수에, 오늘은 주먹밥인 모양이었다. 최근에 관찰한 바로는 아무래도 샌드위치와 로테이션인 듯하다.

그녀를 따라서 하야토도 도시락을 꺼냈다.

"그렇지, 사죄의 의미로 한 입 나눠줄까? 젤리 음료수가 좋겠어? 아니면 주먹밥?"

"필요 없어, 내 거 있으니까. 하루키, 항상 그거 마시더라?"

"가볍게 영양분을 보급할 수 있으니까—."

"편의점?"

"응, 아침마다 들러. 그러는 하야토는 항상 도시락……
어, 우와, 그거 뭐야?!"

"뭐기는…… 라이스 고로케인데."

하야토의 도시락 안에는 주먹밥 크기의 라이스 고로케만
이 네 개 자리 잡고 있었다. 그 밖에 반찬은 아무것도 없으
니 하루키가 놀라는 것도 무리는 아니었다. 다만 볼륨감만
큼은 있을 듯했다.

오늘 체육 시간이 있다면서 전날부터 준비한 것이었다.

다진 양파, 가지, 그리고 한 입 크기로 자른 베이컨을 볶
고, 남아 있던 식은 밥을 넣어서 소금 후추와 케첩으로 간
을 조절했다. 랩을 씌워서 물기를 짜내듯이 모양을 잡고, 안
에 치즈를 넣는 것도 잊지 않았다.

밀가루, 달걀, 빵가루의 순서로 옷을 입히고 샐러드유가
잠길 정도의 프라이팬 위에 굴려서 튀기면 완성이었다.

참고로 히메코한테는 "밥으로 튀김이라니 칼로리가! 나
를 살찌울 셈이야?!"라며 질타를 당하기도 했다. 물론 그러
면서도 제대로 세 개를 가져갔다.

"그 주먹밥 절반이랑 트레이드할까?"

"괜찮아?!"

"자."

"그럼 나도."

뚜껑 위에 라이스 고로케를 얹어서 건네자 교환하듯이 빈 공간에 주먹밥이 채워졌다.

"아, 젓가락."

"괜찮아, 손으로 먹어도……. 응~~~, 맛있어! 맛이 강한 게 체육 시간 뒤에는 딱이고, 치즈도 좋아! 이거, 어디 제품이야? 냉동?"

"내가 만들었어."

"하야토가?!"

"왜, 의외야?"

"응……."

또다시 놀란 표정을 띤 하루키는 하야토의 얼굴을 빤히 관찰했다. 그 눈빛은 살짝 믿기지 않는다고 말하는 듯한 기색이었다.

"혹시 이제까지 도시락도 하야토가?"

"응, 나야."

"……역시 7년은, 엄청나게 긴 시간이구나."

"하루키──."

그녀는 어쩐지 곤란하다는 듯한 미소로 그리 중얼거렸다.

하야토는 그런 하루키에게 무언가 말하려고 했지만── 그럼에도 아무런 말도 나오지 않아 숨을 삼키고 말았다.

"응, 빨리 먹어버리자. 점심시간 끝나버리겠어."

"어어, 그래……."

하지만 그것도 한순간, 금세 원래의 장난기 있고 호감 가는 미소가 돌아왔다.

무언가가 마음에 걸려서 얼버무리듯이 창밖을 봤다.

초여름의 하늘은 밉살스러울 만큼 새파랬다.

◇ ◇ ◇

이사 온 뒤로 하야토는 이래저래 익숙하지 않아서 당황한 적이 많았지만, 아무래도 세상에는 아무리 시간이 지나도 익숙해지지 않는 일이 있는 듯했다.

'저건⋯⋯.'

그날 방과 후, 하루키는 시끌벅적 떠드는 여자 그룹에 붙잡혀 있었다.

"있지있지, 지금 드라마로 방송 중인 십 년의 고독, 봤어?"

"봤어봤어! 여배우 타쿠라 마오가 우리 부모님 세대라니 믿기질 않아."

"아무리 봐도 언니라는 느낌인데⋯⋯ 그러고 보니 있지, 근처에서 촬영한다던가?"

"진짜—?! 아, 그러고 보니까 우리 반 츠루미가 D반 카네미야한테 드라마 촬영이 어쩌고 하면서 같이 가보자고 그러던 것 같아!"

"잠깐만! 그 둘 요즘 사이좋던데, 그런 거야?!"

"으햐—, 이것 참. 있지, 니카이도는 어떻게 생각해?"

"저기 그게, 나는⋯⋯."

아무래도 화제인 드라마 이야기에서 어디어디의 누구랑 누구의 관계가 수상쩍은 느낌이라는 연애 이야기로 말려드는 모양이었다.

그것뿐이라면 그다지 드문 이야기도 아니겠지만, 아무래도 하루키의 태도가 이상했다. 평소처럼 차분한 미소를 띠고서 맞장구를 치고는 있지만 어쩐지 불편해 보였다.

하야토는 하루키가 그런 쪽의 이야기는 거북한 모양이라고, 큭큭 웃음을 흘리며 관찰했다.

그렇게 놀리는 기색이 섞인 눈빛으로 보고 있다가 묘하게 하루키의 안색이 나쁘다는 것을 깨달았다. 새파래졌다고 할 수 있을 정도였다. 영문을 알 수가 없었다. 그렇다고 딱히 컨디션이 나쁜 것도 아닌 듯한데. 그런 자잘한 변화는 하야토이기에 알아차릴 수 있는 것이었다.

무엇이 하루키를 그리 만들고 있는지는 알 수 없었다. 하지만 알아차린 이상은 무시할 수도 없다.

"니카이도, 저기 복도에, 누가 부르는데."

"……어?"

"어지간히도 급했는지 **자료 창고** 쪽을 가리키고 가버렸어. 서두르는 게 좋지 않을까?"

"……아, 예! 그러네요!"

그렇게 말한 하야토가 의미심장하게 한쪽 눈을 감자 이래저래 헤아린 하루키는 허둥지둥 짐을 정리하고 일어섰다.

"미안해요, 용건이 생겼으니까 이만 가볼게요!"

니카이도 하루키는 우등생이다. 누군가가 무언가를 부탁하는 일은 드물지 않았다.

하루키를 둘러싸고 있던 여자들도 딱히 신경 쓰는 기색 없이 "잘 가~" "힘내~"라고 말을 건네며 보내주었다. 그걸 본 하야토도 짐을 챙겨서 구교사 자료 창고에 있는 방, 비밀기지로 향했다.

"덕분에 살았어, 하야토."

"딱히."

하야토가 조금 늦게 얼굴을 내밀자 벽 쪽에서 축 늘어진 채 무릎을 끌어안은 하루키의 모습이 맞이했다. 아무래도 하야토의 의도를 제대로 이해한 모양이었다.

하루키는 탁탁, 자기 옆의 바닥을 두드렸다. 확실히 누군가를 돕는다는 핑계로 빠져나왔으니까 바로 돌아갈 수도 없으리라.

이대로 하루키를 홀로 두는 것도 마음에 걸려서 자리에 앉았다. 그게 아니더라도 어쩐지 약한 표정을 드러낸 하루키를 내버려 둘 수 없었다.

그리고 하야토가 앉는 것과 동시에, 하루키는 여봐란 듯이 성대하게 한숨을 내쉬었다.

"하아, 왜 여자들은 이렇게, 누가 반했다느니 어떻다느니 그런 이야기를·좋아하는 걸까……."

"그야 여자니까 그런 거 아닐까? 히메코도 그런 방송에 빠졌던데."

"아하하, 히메코도 그런가. 난 남배우와 여배우의 상성보다는 캐릭터와 기체(機體)의 상성 같은 이야기가 좋고, 어느 반의 누구랑 누구의 관계가 수상쩍다든지 그런 것보다는 그 게임 프로듀서가 신규로 인원을 모집한다든지 개발팀이 이동해서 움직임이 수상쩍다든지 그런 이야기 쪽을 더 좋아하는데……."

"……그게 왜? 그런 이야기를 좋아하는 사람도 있지 않을까?"

"아하하, 그런 거 좋아하는 건 대부분 남자잖아? 있지, 중학생 때 이상하게 착각을 당했다고 할까, 그래서……."

"……푸흡!"

"하, 하야토─?! 정말이지, 남의 일이라고! 그 뒤로 말을 거는 상대한테도 배려하게 됐단 말이야!"

"미안, 아야, 아니 등 너무 때리잖아! ……그런가, 인기 있는 니카이도도 큰일이네."

"……그러게, 큰일이야."

하루키는 끌어안은 무릎에 얼굴을 파묻고 음색에 그림자를 드리웠다.

너무도 진지한 분위기를 띤 그 혼잣말에 하야토는 놀리는 것도 망설여져서 더 이상 아무 말도 할 수가 없었다.

그리고 하루키는 더더욱 원망과 혐오의 기색을 드리우며 그 심정을 토로했다.

"나는 연애 이야기가 거북해."

"……."

누군가에게 들려주는 것도 아닌 혼잣말.

그것은 지금의 하루키를 형성하고 있는 감정의 발로였다. 그러면서도 어쩐지 쓸쓸해 보이는 얼굴을 내비치니 하야토는 친구로서 무언가 한마디 건네어야만 한다는 생각이 강해져 말을 찾았지만──공백의 7년이라는 안개가 방해를 해서 찾을 수 없었다.

『그런가』, 라는 한마디로 흘려보낼 수도 있었다.

하지만 하야토에게 마치 미아와도 같은 그 표정은 옛날──그때의 히메코와 겹쳐 보여서, 정신이 드니 반쯤 충동적으로 하루키의 머리에 손을 얹고 거칠게 휘저어버렸다.

"으아윽! 하야토, 갑자기 무슨 짓이야?!"

"……어─ 미안해. 히메코라면 항상 이렇게 넘어가 주니까, 그만."

"정말이지, 머리 엉망이잖아! 이 헤어스타일로 세팅하는 거, 엄청 귀찮단 말이야!"

"미안하다니까."

"…………아."

하루키의 항의에 하야토는 황급히 손을 뗐다. 그런데도 그와 동시에 하루키는 어리광을 부리듯이 애절한 목소리를 흘리며 하야토를 올려다봤다.

"……나, 나는 히메랑 다르니까. 그걸로 넘어가진 않으니까……."

"아니, 그래……."

하야토는 자연스럽게 자신을 올려다보는 하루키와 마주 보는 모양새가 되어버렸다.

그 자세는 하루키가 의도한 것이 아니라 7년 동안에 생겨 버린 남녀의 차이라는 것으로 발생한 우연의 산물이었다. 하지만 하야토는 촉촉한 그 눈빛에 빨려든 것처럼 넋을 잃고 봐버렸다.

지근거리에서 바라보는 어린 시절의 흔적이 남은 커다란 눈, 볼록한 입술에서 새어 나오는 숨결, 소꿉친구라는 편애 요소를 제외하더라도 충분히 단정해 보이는 얼굴에 두근대고 말았다.

황급히 시선을 피했지만 그쪽에는 자신과 다르게 건드리면 부서져 버릴 것처럼 가느다란 어깨와, 여자 특유의 평균보다는 조금 소극적인 융기가 자신을 주장하고 있었다.

그것들이 어찌할 도리도 없이 하야토에게 하루키가 이성임을 의식하게 만들었다.

무심코 꿀꺽, 마른침을 삼켰다.

'어라, 혹시 좀 귀여운가……?'

하루키와 시선이 뒤얽혔다. 하야토는 스스로도 꺼림칙한 짓이라 이해하면서도 한 번 뗀 손을 뻗었고──그때였다.

"대체 이런 곳에 뭐가 있다는 거야?"

"저기, 선배한테 부탁이 좀 있어서요."

""——?!""

창밖에서 남녀 한 쌍의 목소리가 들렸다. 저도 모르게 하야토와 하루키는 몸이 굳어버렸다.

"하, 이번에는 뭘 빌리려는 거야? 요전에 빌려 간 만화 다음 권 얘기면 그게 최신간이니까 안 돼. 빈털터리니까 돈도 안 되고……. 아, 아직 안 돌려준 게임 돌려——."

"서, 선배의 인생을 앞으로 계속 빌려주세요……!"

"내…… 아니, 으음——?!"

"으, 으응…… 으응, 응……."

"으으음…… 푸하! 너, 너, 잠깐, 갑자기 왜 그래……! 이빨이 세게 부딪쳤는데, 그!"

"죄, 죄송해요, 제, 제가 처음이라서!"

"그, 그건 나도 그래……."

"아, 선배도 처음이었군요, 다행이다……. 그보다 말이죠, 그게, 좋아해, 요……."

"……?! 어, 아니, 그게…… 넌 항상 너무 갑작, 스러워……."

"선배……."

"……응."

자료 창고로도 쓰이는, 비밀기지가 있는 구교사는 인기척이 없다.

그렇다면 이런 사람들의 고백 장소가 되는 것도 필연이라

할 수 있었다.

"".......""

하야토와 하루키는 창밖에서 어렴풋이 들려오는 사이좋은 목소리를 들으며 얼굴을 새빨갛게 물들인 채 숨을 죽였다. 서로 어쩌면 좋을지 알 수 없었다. 그 탓에 밖에서 들리는 상황과 자신들을 비교하고 말았다.

두 사람 사이에 참으로 어색한 분위기가 흐르게 되었다.

"에헷, 선배!"

"야, 잠깐만, 걷기 힘들다니까!"

그리고 밖의 그들이 떠남과 동시에, 하야토와 하루키는 튕겨 나가듯이 몸을 떼고서 서로 딴청을 부렸다.

"이, 이것 참, 그게, 그거네, 그거였네!"

"으, 응, 그거네, 그거구나, 그거!"

그들이 만들어낸 분위기 덕분에 아무래도 조마조마해서 진정이 되지를 않았다.

둘이서 무의미하다는 것을 알면서도 자신의 가방 내용물을 쏟아냈다가 공들여서 채워 넣는, 영문 모를 작업을 되풀이했다.

그리고 몇 분인가 시간이 지나 조금은 진정됐을 즈음, 하루키는 절절하게 중얼거렸다.

".......나, 역시 연애 이야기는 거북해."

".......우연이네, 나도 그래."

서로 얼굴을 마주 보고 쓴웃음을 지었다.

하야토 바보—!

그날 방과 후, 가장 가까운 슈퍼.

그곳에서 하야토는 최근에 점점 익숙해지고 있는, 방울이 울리는 것 같은 목소리를 들었다.

"아."

"……아, 안녕."

입에서 새어 나온 것은 떨떠름한 대답.

그도 그럴 터, 하야토는 보이고 싶지 않은 모습을 드러내고 있었다.

문구나 장난감을 취급하는 코너 한쪽에서 허리를 숙이고 열심히 뒤적거리는 모습이다.

"……식품 완구*?"

"아니 그게, 이건 말이지……."

이미 실컷 음미한 듯한 상태였다.

하나하나를 손에 들고서 목표로 하는 물건이 들어 있는지 흔들어보거나, 상자 위에서 무언가 알아낼 수는 없을지 손가락으로 눌러보거나. 어디를 어떻게 봐도 진심인 모습.

---

* 장난감이 동봉되어 있는 식품. 주로 저연령대를 대상으로 한 과자류가 많다.

이런 재미있는 일을 그냥 지나갈 하루키가 아니었다. 그녀는 재미있는 장난감을 발견한 어린아이처럼 멋진 미소를 띠었다. 당황한 것은 하야토였다.

"이, 이런 곳에서 만나다니 우연이네! 학교 밖에서 맞닥뜨리니 이상한 느낌이야. 교복을 입고 있는데 지금 집에 가는 거야?"

"흐응, 공룡 화석과 광물 원석이라……. 그러고 보니 하야토는 이상한 돌 같은 거 모으는 걸 좋아했던가."

"그, 그래, 장을 보던 중이었어! 이것 참, 빨리 사서 돌아가야겠네!"

"나, 쇼와 시대 막과자집 시리즈로 디오라마 만들었어."

"………………진짜?"

"응, 진짜. 이거 봐."

그러면서 하루키는 스마트폰 화면을 보여줬다.

판잣집 같은 작은 가게에 콜라 간판이 걸려 있고 이런저런 막과자만이 아니라 자판기, 뽑기, 아이스크림 냉동고에 잠자리채까지 놓여 있었다.

그야말로 더 쇼와 레트로라는 느낌의 막과자집이었다.

"아니, 이거 무라오 할머니네 가게잖아!"

"그래그래, 그걸 생각하면서 만들었거든."

"굉장하네, 지면이나 나무까지…… 대체 어떻게?"

"100엔숍. 판자에 점토에 컬러 파우더 같은 재료부터 본드에 테이프랑 붓 같은 도구까지 전부 갖췄어."

"미쳤다, 100엔숍! 정말로 있었다니, 도시전설이 아니었어!"

"역 앞 빌딩에도…… 아니, 놀라운 게 그거야?!"

"아니 그게…… 응, 근데 정말 식품 완구로 이런 걸 만들 수 있구나……."

"고생했다고~ 아이스크림 냉동고가 필요한데 계속 벤치만 나오고…… 우후후…… 확률이란 뭘까 하고 얼마나 생각했던가……."

"저기, 하루키……?"

하루키의 눈에서 싸악, 하이라이트가 사라지고 공허한 표정이 되었다. 하지만 입가는 웃고 있었다. 명백하게 심상치 않은 모습이었다.

하야토는 본능적으로, 늪으로 끌려 들어가는 자신을 환각처럼 보았다. 등줄기에 서늘한 것을 느꼈다. 그리고 살며시 식품 완구를 선반에 돌려놓았다.

"왜 그래, 안 살 거야? 여기 시골 축제 노점 시리즈 같은 거 엄청 끌리지 않아?"

"그, 그래, 장을 봐야지! 장을 보러 돌아가자, 하루키! 그래!"

"아앗, 완구~!"

그리고 억지로 늪의 주인──하루키의 등을 밀어 이 자리에서 떼어냈다.

식품 완구는 늪이다. 하야토는 깊이 마음에 새겼다.

그 후로 재빨리 장을 본 두 사람은 가게를 나섰다. 어쩐지 평소 이상으로 지쳐버렸다.

"후우, 위험하던 참이었어…….나, 조금만 더 있었으면 새로운 늪으로 빠져들 참이었어…….."

"적당히 하자고…… 응?"

하야토의 짐은 그리 많지 않았다.

오늘 밤 먹을 치쿠젠니*에 부족한 닭고기랑 곤약, 우엉 외에는 메인으로 놓을 연어 토막 정도였다. 어린아이라도 문제없을 양.

한편 하루키는 양손에 가득할 정도로 사들였다. 몇 번이고 짐을 고쳐 들며 걷는 것도 힘들어 보였다.

그래서 그것은 하야토에게 당연한 행동이었다.

"자, 그거 줘──. 아, 꽤 무겁네. 그쪽도, 영차."

"하, 하야토?!"

"왜? 나머지는 직접 들어."

"어, 아…… 응."

"아니, 이거 대부분 냉동이잖아. 그럼 좀 서두를게."

하야토는 반쯤 억지로, 하지만 자연스러운 느낌으로 하루키의 짐을 들고 집으로 가는 길을 재촉했다.

하루키는 놀라면서도 지독히 곤혹스러워했다.

이제까지 학교 등 이곳저곳에서 짐을 들어주려고 하던 사람은 있었다. 다만 거기에는 반드시 계산이나 흑심이 존재

* 뿌리채소를 중심으로 하는 일본의 조림 반찬.

했다. 지금 하야토처럼, 그저 곤란해하니까 손을 내밀어주는 그런 행동과는 마주한 경험이 없었다.

실제로 하야토에게 흑심 같은 것은 없었다.

만약 츠키노세에서 하루키처럼 짐 때문에 곤란해하는 사람을 지나쳤다가는 금세 마을 전체에서 손가락질을 당하게 될 것이 틀림없다. 시골의 무서운 부분이며, 그렇기에 그건 그저 몸에 밴 습관이었다.

하지만 하루키에게는 그렇지 않았다.

처음 경험하는 일에 가슴에 놀라움과 기쁨, 당황과 의문이 교차하고, 괜히 하야토를 의식하고 말았다.

"있잖아, 맨날 이렇게 많이 사는 거야?"

"어, 저기, 응. 한 번에 대량으로 사두는 타입."

"그렇구나."

"응……."

"…….

"…….

거기서 대화가 끝나버렸다.

말없이 옛날과 마찬가지로 어깨를 나란히 하고 걸어갔다. 머리 하나 차이가 생기고 만, 그런 하야토의 얼굴을 이따금 흘끗흘끗 보고 말았다.

하지만 하야토는 하루키를 신경 쓰지도 않고 걸어갈 뿐. 평소와 다름없는 옆얼굴이 어쩐지 밉살스럽기조차 했다.

하루키는 뭔가 말하고 싶지만 이대로도 괜찮을 듯한——

그런 복잡한 심정 그대로 노을 지는 길을 나아갔다. 들리는 것은 서로의 발소리뿐. 하지만 묘하게 마음이 편하다.

'뭐, 이것도 하야토니까 그렇겠지.'

그리고 불빛이 없는 자기 집에 도착했다.

7년간 맞이해주는 사람이 **없는** 캄캄한 집이었다. 그곳으로 하야토와 함께 돌아온다…… 어쩐지 신기한 기분이었다.

"다 왔네. 어디 두면 될까?"

"문 열 테니까 현관에라도 놓아둬."

"오케이……. 그럼 난 돌아갈게."

"아, 잠깐만!"

"응?"

"……어— 아니, 그게…….

그것은 순간적으로 나온 말이었다. 의식해서 꺼낸 말이 아니었다.

하지만 그렇기에 본심이 섞인 말이 되어버려서, 그 사실이 하루키를 지독히 동요하게 만들었다.

"번호! 그렇지, 폰 번호랑 SNS 하고 있으면 ID 알려줘! 잘 생각해보니 우리 아직 연락처 교환도 안 했네!"

"어— 그게…… 미안해."

"…………어."

그 동요를 감추고자 마구 떠들어댔지만 돌아온 말 때문에 머리가 새하얗게 되어버렸다.

설마 거절당할 줄은 생각도 못 했다. 머리가 상황을 이해하는 것을 거부하기 시작하고, 마음속 깊이 가두어둔 고독이 고개를 내밀었다. 심장이 터질 것처럼 삐걱댔다.

소중한 무언가가 빠져나가는 것 같은 착각마저 들어서, 그래서——.

"나, 사실은 스마트폰 안 가지고 있거든……."

"하야토 바보————!!"

안도로 변화한 그 외침은 한층 더 커다란 목소리가 된 것이었다.

제 6 화

내 말대로 됐지?

그날은 아침부터 비가 내렸다.

어젯밤부터 촉촉하게 계속 내리는 장맛비는 음울한 분위기도 흩뿌리고 있었다. 이런 날에 직장이나 학교에 가고 싶은 사람은 드물 것이다.

"으긱—! 머리카락이 정리가 안 돼—!"

키리시마가에서도 아침부터 그런 분위기에 대한 항의의 목소리가 드높았다.

하야토는 그런 히메코의 목소리를 BGM 삼아 『아, 또 저러네』 하며 도시락을 만드는 중이었다.

전자레인지로 데우기만 하면 되는 냉동 닭튀김에 어제 저녁에 남은 우엉과 당근 킨피라* 및 방울토마토를 곁들인 것이었다.

"비 오는 거 이제 싫어! 기껏 정리한 머리는 다 퍼지고 정수리는 납작해 보이잖아!"

"나는 꽤 좋아하는데. 물이 말랐다고 도우러 나갈 걱정은 없어지니까."

"오빠, 여긴 밭이 없거든……."

---

* 채소를 채 썰어 양념과 함께 볶는 일본 요리.

"그, 그랬지."

"그보다도 으—음, 날씨 앱 보니까 오후에는 비 그친대. 집에 올 때 우산 깜박하지 않게 접이식으로 들고 가는 편이 나으려나?"

"스마트폰?"

"응, 맞아. 꽤 잘 맞으니까 편리해."

"그런가, 편리한가."

"오빠가 흥미를 가지다니 별일이네."

"……하루키가, 왜 스마트폰도 없냐고 화냈어."

"아, 하루가……."

히메코는 음음, 거리며 무언가 납득한 듯 고개를 끄덕이고 팔짱을 꼈다. 하야토를 바라보는 눈빛에는 비난과 어이없다는 기색이 담겨 있었다.

"잠깐 괜찮을까요, 오빠? 스마트폰은 이제 현대에는 생활필수품이에요. 각 가정에 냉장고가 있듯이, 각 농가에 트랙터가 있듯이, 각자가 당연히 가지고 있는 물건이라고요. 그걸 안 갖고 있는 오빠가 이상한 거야."

"진짜……? 그 정도인가……."

"츠키노세에선 보통 전파 표시가 하나밖에 안 떴지만 말이지. 그래도 역시 있으면 편해. 나는 사키랑 매일 대화하니까."

"아, 무라오랑."

무라오 사키. 츠키노세에서는 보기 드문 또래이고, 히메코의 동급생이자 친구다.

　얌전하고 차분한 여자아이로 옛날부터 히메코와 자주 놀았다. 하지만 하야토가 다가가면 금세 히메코 뒤에 숨어버려서, 심하게 낯을 가리는 동생의 친구라는 인식이 있었다. 히메코에게는 소중한 소꿉친구라고 할 수도 있었다.

　'그렇구나…….'

　히메코와 무라오 사키는 이번 이사로 헤어지고 말았다. 츠키노세와 이 마을은 차로 몇 시간은 걸린다. 쉽게 만나러 갈 수 있는 거리가 아니었다.

　운전면허나 차가 없는 하야토랑 히메코에게는 만 하루는 족히 걸려야만 만날 수 있을 정도의 거리이기에, 어린아이에게는 영원한 이별이나 마찬가지.

　하지만 지금도 히메코는 적극적으로 연락을 취하고 있었다. 손바닥 사이즈의 기계를 이용한 가느다란 인연일지도 모른다. 그럼에도, 두 사람은 확실하게 이어져 있다는 걸 느꼈다.

　"그런가……. 무라오, 잘 지낸대?"

　"으—음, 평소 그대로? 아, 하지만 오빠를 꽤나 신경 쓰는 모양이던데……. 무슨 일 있었어?"

　"허? 나랑? 굳이 따지자면 무라오는 날 불편해했잖아."

　"그렇지—? 으—음, 그 아이는 옛날부터 오빠 앞에서는 이상해졌으니까. 생리적인 걸까?"

　"그만해, 히메코. 그건 좀 많이 상처라고."

"아핫, 그럼 약간이라도 좋은 점을 이야기해서 어필해줄게."

"부탁해."

그러더니 히메코는 그녀에게 보낼 메시지를 입력하기 시작했다.

혹시 어릴 적부터 스마트폰으로 하루키와 계속 이어져 있었다면, 틀림없이 지금과는 다른 미래가 있었을지도 모르겠다. 그 모습을 본 하야토는 그런 생각을 하고 말았다.

히메코는 메시지를 입력하며 하야토에게 말했다.

"하루도 있지, 오랜만에 오빠랑 만나서 기뻤을 거야. 지금도 친구잖아? 이래저래 쌓인 이야기도 있을 테니까, 오빠랑 좀 더 이야길 나누고 싶은 게 아닐까?"

"그런가…… 그럴지도."

솔직히 하야토는 어째서 어제 하루키가 그렇게 화를 냈는지 알 수 없었다.

생각해보면 하루키에 대해서는 모르는 것, 이해가 안 되는 것투성이다.

하루키가 여자였다는 사실도 그렇고, 디오라마를 만들었다는 것도 그랬다. 그밖에도 착각이나 오해가 있을지도 모른다. 그래도 하야토에게 하루키는 특별히 소중한 소꿉친구였다.

'스마트폰이 있으면 이래저래 서로를 더 이해할 수 있게 될까…….'

하야토는 스마트폰 구매를 긍정적으로 검토하게 되었다.

초여름의 비가 통학로의 아스팔트를 두드린다.

주위를 둘러보면 색색의 우산이 보였다. 눈에 띄게 화사한 우산도 많았다.

실용성을 중시하여 검고 수수한 접이식 우산을 사용하던 히메코는 "큭, 여자력이……!"라고 떨떠름한 표정을 띠며 중학교로 향했다.

그런 동생의 모습을 배웅한 하야토는, 시골과 다르게 진창이나 물웅덩이 없이 포장된 도로에 감탄하며 교문을 지났다. 그리고 시야 구석으로 예의 화단을 포착했다.

그날, 주키니 수분을 시킨 뒤로 며칠. 당시의 작업이 슬슬 결실을 맺을 무렵이었다. 그리 생각하니 점점 화단의 모습이 신경 쓰였다.

설마 싶어서 화단으로 고개를 내밀어봤더니, 예의 곱슬머리가 특징적인 여학생이 비에 젖는 것도 개의치 않고서 채소를 돌보는 모습이 보였다.

"오, 괜찮게 자라고 있네. 몇 개는 수확해도 되겠어."

"……앗!"

"어떤 느낌이야?"

"예, 여기 보세요! 주키니도 제대로 잘 자랐고, 전정 작업을 한 토마토랑 가지도…… 저기, 그게……."

"아, 원예 가위 좀 빌려줄래? 이것도 이제 따버리자……. 봉투 같은 게 있으면 좋겠는데."

"예, 비닐봉투가 있어요!"

주키니 외에 다른 열매도 몇몇 맺혀 있었다. 그중에는 너무 익어버린 것도 있었다. 분명 어떤 타이밍에 수확하면 될지 몰라서 때를 놓치고 만 것이리라.

빌린 원예 가위를 한 손에 들고 각각 어느 정도가 적당한 시기인지 설명하며 정리했다. 하야토에게는 친숙한 작업이지만 그녀에게는 처음 경험하는 일인지 표정이 굉장히 진지했다.

화단치고는 커도 밭으로 보면 가정 텃밭의 영역을 벗어나지 않아서 불과 몇 분 만에 수확은 끝났다. 그래도 비닐봉투에는 많은 성과를 거두게 되었다.

원예부 여학생은 봉투를 손에 든 채 내용물을 감개무량한 눈빛으로 보고 있었다.

처음으로 길러낸 결실이다. 감동도 한층 각별하리라.

"아, 그게, 절반! 이거 절반, 받아주지 않겠어요?"

"어, 괜찮아? 나야 고맙긴 한데."

"이 아이들을 수확할 수 있었던 건 당신 덕분이니까요."

"딱히 대단한 일은 아닌데…… 그래도, 고마워."

"예!"

그녀는 무척 멋진 미소로 대답했다.

기쁨이 배어 나오는 모습을 봤더니 하야토도 그에 이끌려서 기뻐졌다.

그녀는 열심히 예비용 비닐봉투에 채소를 나누어 담았다.

이어서 한 번 크게 심호흡.

그리고 어쩐지 긴장한 기색으로, 필사적인 모습으로 하야토를 올려다봤다.

"저, 저기!"

"왜, 왜?!"

하야토는 같은 또래의 여자 지인 따윈 거의 없다. 없었다.

그래서 이런 식으로 머뭇머뭇하며, 키 차이까지 있어 올려다보는 시선을 마주하면 두근대지 않기가 힘들었다. 상대의 진지한 눈빛에서 눈을 뗄 수가 없었다.

"여, 연락처나 메신저 ID 가르쳐주실래요?! 그, 그게, 달리 상담할 수 있는 사람이 없다고 할까, 이것저것 물어보고 싶은 게 있어서…… 가, 갑자기 저 같은 사람이 그런 소리를 해봐야 곤란할 거라 생각하지만, 괜찮다면……. 폐, 폐가 될 일은 안 할 테니까요, 그게……."

"…………아."

그것은 무척 빠른 말투였다.

새빨간 얼굴에 진지한 표정, 꺼낸 스마트폰은 손이 빨개질 정도로 움켜쥐고 있었다. 얼마나 필사적으로 부탁하고 있는지를 가슴이 아플 정도로 깨닫고 말았다. 분명 그녀 나름대로 크나큰 결심이었음에 틀림없었다.

하지만 하야토는 그녀에게 대답할 말은 무엇 하나 지니지 않았다.

"그게…………………… 미안해."

"그런가, 요……."

"아니, 그게 아니야! 싫다거나 그런 게 아니라고!"

"후에?"

"나, 스마트폰이 없거든……. 그게, 전파도 변변히 안 들어오는 시골에서 온 전학생이라 저기……."

이번에는 하야토가 필사적으로 변명을 할 차례였다.

손짓 발짓을 더해서, 안 가지고 있으니까 어쩔 수 없다는 사실을 열심히 어필했다.

그런 하야토의 마음이 전해졌는지, 그녀는 처음에는 어안이 벙벙하다는 분위기였지만 차츰 쿡쿡 억누른 웃음을 흘렸다. 민망해진 하야토는 머리를 벅벅 긁적였다.

"저, C반 미타케예요. 미타케 미나모라고 해요."

"나는 A반 키리시마 하야토. 스마트폰 사면 가르쳐주러 갈게."

"예, 기다릴게요. **약속**, 이에요?"

"──읏, 어, 어어…… 응, **약속**이야."

생각지도 않은 단어의 등장에 두근대고 말았다.

하야토에게 **약속**은 조금 특별한 의미를 지닌다. 그러니까 순순히 대답하기에는 약간의 주저가 생겼다.

뇌리에 하루키의 얼굴이 스쳐 버렸다.

하지만 여기서 이의를 제기하는 것도 부자연스러웠다. 그저 다음에 연락처를 교환하자는 것뿐이다.

큰 의미는 없다──하야토는 스스로에게 그리 타이르고

채소를 받아 들었다.

"그럼 또 만나요."

"어어……."

6월의 끝, 초여름 비 오는 날, 화단에 핀 채소의 꽃을 증인으로 갑작스러운 맹세가 맺어졌다.

교실에 도착한 것은 조회 5분 전이었다.

하야토도 중간부터는 우산도 안 쓰고 수확을 해서 나름대로 젖어버렸다.

"아주 싱싱하니 좋은 남자구나, 키리시마."

"시끄러워, 모리."

"그래서, 그건 뭘 가져온 거야?"

"채소. 나눠 받았어."

"무슨 일이 있어야 그런 걸 받을 수 있냐고……."

"어, 그냥 받는 거 아냐?"

"아닌데?!"

그런 대화를 나누며 자리에 앉았다. 그다지 강한 비는 아니었으나 그래도 교복이 어깨에 들러붙을 정도로 젖었고 머리카락에서 물방울이 책상으로 뚝뚝 떨어졌다. 조금 기분나쁘지만 조만간 마를 것이다.

"괜찮아요, 키리시마 군?"

"어, 어어……."

그런 하야토에게 하루키가 걱정스럽게 말을 건넸다.

반뿐만 아니라 교내에서도 다정하고 붙임성이 좋다고 여겨지는 하루키. 옆자리이기도 하니까 말을 건네는 것은 **니카이도 하루키**에게 지극히 자연스러운 흐름이라 할 수 있었다.

하지만 그녀의 눈빛은 살짝 싱글대며 흡사 장난감을 발견한 어린아이 그 자체였다. 그것을 놓칠 하야토가 아니었다. 무언가 장난을 치지는 않을까 싶어 경계하고 말았다.

"우산, 안 가져왔나요? 괜찮으면 이거 쓰세요."

"아, 아니, 미안하니까 됐어! 내버려 두면 금방 마를 테고."

"안 돼요, 그러다가 감기 걸려요."

"어, 잠깐, 하루…… 니카이도!!"

하필이면 하루키는 자신의 손수건을 꺼내어 하야토의 얼굴을 닦기 시작했다.

하루키는 일종의 아이돌 같은 인기를 자랑하는 미소녀다. 그런 그녀가 걱정스럽게 말을 건네고 젖은 얼굴이나 머리카락을 손수 닦아준다.

덜컹, 교실 곳곳에서 일어나는 소리가 들리고, 그중에는 교실을 뛰쳐나가서 빗속으로 돌격하는 남자조차 있었다.

'이, 이 자식!'

그런 하루키의 입가는 한 방 먹였다는 듯이 득의양양한 미소였다. 완전히 계획범죄였다.

질투, 경악, 동요…… 그런 교실 안의 다양한 감정이 뒤섞인 시선이 박혔다.

더 참을 수가 없어서 하야토는 황급히 손수건을 빼앗았다.

"고, 고마워! 어어, 이거 세탁해서 돌려줄게!"

"그냥 그대로 돌려줘도 괜찮은데요?"

"윽! 아, 아니, 그건 좀 그렇잖아! 알겠지?!"

"그런가요……. 그러면 그, 원만하게 반납할 수 있도록 스마트폰 연락처, 가르쳐주세요……."

"뭐, 잠깐, 너!"

상당히 억지스러운 전개였다. 옆자리니까 내일이라도 돌려줄 수 있잖아, 스마트폰이 없다는 것도 알고 있을 텐데. 이래저래 딴죽을 걸고 싶은 부분이 많았다.

어느샌가 상황은 니카이도 하루키가 이런 사소한 일을 계기로 삼아 전학생의 연락처를 캐려 한다는 구도가 되었다.

주위의 시선이 이제는 아플 정도로 하야토의 피부를 찔렀다. 눈앞에서 고개를 숙인 하루키의, 말과는 동떨어진 히죽대는 표정이 하야토에게만 보였다.

"미, 미안해, 나 스마트폰이 없어서…… 아니, 잠깐!"

"그런가, 요……. 미안해요, 갑자기 저 같은 게 무리한 소리를 해서……."

"어어, 그게, 아니라고! 나, 정말로 스마트폰 안 갖고 있다니까!"

그것은 굳이 따지자면 주위를 향한 변명이 되어 있었다.

주위에는 "그렇게까지 니카이도랑 연락처를 교환하고 싶지 않다고……?" "니카이도 불쌍해……" 같이 속삭이는 소리뿐이었다.

아무리 하야토가 안 가지고 있다고 주장해도 그럴 리가 없다는 눈빛으로 보고——그것이 더더욱 그들, 특히 남자의 감정을 자극했다.

"키리시마, 이야기 좀 할까."

"전학 오고 얼마 안 됐으니까 말이야, 서로 아직 모르는 게 많은 모양이네."

"뭐, 간단한 질문에 대답해주기만 하면 돼."

"잠깐만, 나는…… 아니, 모리! 배신했구나!"

"하핫."

하야토는 그들에게 연행되어 실컷 **대화**를 하게 되었다.

그런 하야토의 모습을 하루키는 살짝 새침한 표정으로 작게 혀를 내밀며 바라보고 있었다.

그날 방과 후에는 곧바로 하루키의 집으로 연행되었다.

"그것 봐. 내 말대로, 스마트폰 안 가지고 있는 하야토 쪽이 이상한 거라고——아, 거기!"

"응, 잘 알았어. 지독한 꼴을 당했지. 그리고 하루키가 인기 있다는 것도——으차!"

"흐흐—응, 그야 나도? 노력하고 있으니까…… 아니, 어, HP가!"

"너무 들어갔잖아, 회복…… 어, 나 MP 없네."

"아아—앗!"

참고로 신작 액션 RPG를 하고 싶다는 이유였다. RPG를 둘이서 해도 되나 싶지만, 하루키는 하야토와 함께할 때만 진행할 생각인 듯했다.

그들이 태어나기 전에 발매된 작품의 리메이크로 하루키는 수인 격투가, 하야토는 용병 검사를 맡아 조작했다. 기본적으로 회복은 파티에 낀 CPU에게 맡기는 무지성 플레이였다.

여하튼 그런 식으로 억지로 진행한 결과, 전멸하고 말았다. 서로 지나치게 억지스러웠나 싶어 웃었다.

"그런데 하야토, 그 채소는 뭐야?"

"받았어, 미타케한테. 답례라길래…… 좀 나눠줄까?"

"……아니, 난 됐어. **혼자**서는 다 못 먹을 테니까 미안한걸."

"응? 그런가?"

무언가 걸리는 표현이었다. 하지만 하루키는 금세 아무 일도 없었다는 것처럼 그보다도, 라며 이야기를 되돌렸다.

"그리고 보니 하야토는 왜 스마트폰을 안 가지고 있어? 집에서 그런 방침이라든지?"

"그건 아냐, 히메코는 엄청 잘 쓰고 있으니까……. 아, 그리고 보니 히메코가 만나고 싶대. 다음에 우리 집으로 좀 와줘."

"어, 히메가?! 응, 갈게갈게! ……그건 그렇고, 그럼 왜 안 가지고 있는데?"

"으윽…… 아니, 그게 말이지…….

"빤~~~…….

"저기, 그게, 어쩌다 보니, 그렇습니다."

"……허어?!"

하루키의 얼빠진 목소리가 자기 방에 울려 퍼졌다. 하야토는 겸연쩍다는 표정으로 시선을 피했다.

"이렇게 편리한데?! 그쪽에서도 쓰는 사람은 꽤 있지 않았어?!"

"어, 어어…… 밭 관리에 앱을 쓰거나, 밭을 가는 동영상을 올리는 사람이라든지 꽤 있었지……. 그보다도 하루키 님, 웃지 말고 들어주시겠습니까?"

"좋다. 뭐지, 하야토 군? 말해보게."

"그, 종류라든지 그런 게 너무 많아서 말이야……. 뭘 고르면 좋을지 알 수가 없어서, 그게…….

"푸흡…… 아하, 아하하하하하!"

"웃지 말라고, 꽤 진지한 고민이야! 젠장, 빚 다섯 개 정도로 해버린다!"

"미안미안. 그렇구나, 너무 망설이다가 혼란스러워서 못 샀다는 거네."

"뭐, 잘못됐냐."

타이밍이 나빴다. 확실히 그것도 있었다.

"후훗, 그렇구나……. 그럼 이번 주말에 나랑 같이 고르러 가자."

"괜찮아?"

"응, 약속이야."

"……그래!"

그리고 두 사람은 얼굴을 마주 보며 함께 웃었다.

게임을 하며 주말 약속을 잡는다. 그것은 예전의 모습과
완전히 똑같기도 했다.

혼자

그날 저녁 시간이었다.

"오빠, 나 아이스크림 사러 가고 싶어."

"응? 사둔 게 있잖아."

갑자기 히메코가 그런 이야기를 꺼냈다.

어찌 된 영문인지 알 수가 없어서, 하야토는 동생의 말을 흘려들으며 파스타를 포크에 감고 완성도에 만족스러운 표정을 띤 채 입맛을 다셨다.

오늘 저녁은 나눠 받은 토마토, 가지, 주키니가 주역인 라따뚜이 소스 파스타였다.

마늘을 올리브 오일에 가득 넣어서 향을 내고 파프리카나 셀러리도 곁들인, 보기에도 화사한 일품이었다.

"오빠, 나는 아이스크림을 먹고 싶은 게 아니라 사러 가고 싶은 거야."

"미안, 무슨 소린지 모르겠어. 가면 되잖아?"

"야간, 편의점."

"앗!"

"야간에 편의점으로 물건을 사러 가보고 싶은 거야."

"뭐, 라고……."

야간의 편의점. 그것은 이사를 올 때까지, 개인이 운영하는 오전 열한 시에 열고 오후 일곱 시에는 닫는 자칭 엉터리 편의점밖에 몰랐던 하야토와 히메코에게 특별한 의미가 있었다.

애당초 츠키노세에는 야간에 여는 가게는 없다. 밤에 물건을 사러 가는 습관이 없다.

굳이 밤에 아무래도 상관없는 물건을 사러 간다――그것은 이 남매에게 특별한 의미가 있기에 두 사람의 마음을 고양시켰다.

"오빠도 같이 가줄 거지?"

"야간의 편의점, 인가. 그러네, 한 번은 경험해두는 게 좋겠다."

"으으, 긴장돼. 뭘 입고 가야 될까……. 교복이 무난하겠지만 이런 시간에는 경찰한테 붙들리겠지?"

"인터넷으로 그런 건 조사 못 하나?"

"그, 글쎄?"

그렇게 묘한 기합을 넣는 두 사람이었다.

시각은 아직 저녁 여덟 시 전.

츠키노세에서는 캄캄해져 버렸을 참이지만 도시에서는 아직 초저녁 시간대였다.

하야토와 히메코에게는 어지간한 일이 없고서야 외출할 일이 없었던 시간대.

무언가 해서는 안 되는 일 같은 죄책감과, 그러면서도 어

쩐지 모험에 나서는 것 같은 고양감 때문에 가슴이 두근두
근했다.

"여기 밤은 손전등 필요 없구나."

"밝네, 별은 전혀 안 보이지만."

"그런데 히메코, 그 복장은……."

여름답게 어깨를 드러낸 귀여운 오프숄더 니트에, 밑이
넓은 미니스커트. 게다가 가볍지만 화장도 해서, 편의점에
간다기보다 데이트하러 가는 것 같은 복장이었다. 셔츠와
면바지뿐인 하야토와는 대조적이었다.

"음, 기합을 넣었습니다. 시골뜨기로 보이고 싶진 않으니까!"

"하아……."

그런 히메코와 함께 밤의 주택가를 걸었다.

별과 달 대신에 가로등이 길을 비추고, 벌레나 개구리 대
신에 차 소리가 들렸다.

낮과는 또 다른 밤의 얼굴에 마치 이세계로 흘러든 것 같
은 착각을 느끼고 말았다.

히메코도 긴장했는지 하야토의 셔츠를 붙잡은 채로 벌벌
떨면서 따라왔다.

그렇게 걷기를 10분 남짓. 두 사람으로서는 두근두근하기
에는 조금 길었던 시간. 주택가 외곽, 대로와 맞닿은 목적
지에 도착했다.

"도착했어, 편의점이야."

"도착했네, 편의점이야."

"정말로 하고 있네."

"정말로 열려 있네.

아직 일반적으로는 이른 시간대이기도 해서 귀가하는 직장인이나 학생, 그저 심심풀이로 잡지를 읽으러 온 사람 등등 많은 손님으로 넘쳐났다. 그렇게 어디에나 있는, 흔해 빠진 편의점이었다.

하지만 하야토와 히메코에게는 그렇지 않았다. 감동마저 느껴질 정도였다. 그리고 둘은 너무도 잘못 왔다는 느낌이 들어서, 정말로 들어가도 되는지 망설이며 입구에서 우두커니 멈춰 서고 말았다.

서로 얼굴을 마주 보고 시선으로 "가자고" "먼저 가" 같은 대화를 나누고 있었는데 갑자기 히메코가 목소리를 높였다.

"아, 굉장해!"

"응?"

무슨 일일까 싶어서 히메코의 시선을 쫓았더니 그곳에 한 여자가 있었다.

크고 넉넉한 셔츠에 스키니진, 그리고 챙이 달린 모자. 그야말로 평상복으로 편의점까지 왔다는 느낌의 편안한 복장이었다.

하지만 타고난 미모와 스타일은, 미소녀는 무엇을 입어도 어울린다는 사실을 그대로 설명하고 있었다. 하루키였다.

"아."

"……안녕."

하루키는 히메코의 목소리에 이쪽의 존재를 알아차리는가 싶더니 크게 눈을 떴다. 그리고 싱글대는 미소를 띠고 다가왔다.

"안녕하세요, **키리시마 군**. 여기서 만나네요?"

"응? 어, 그러게. 편의점 들러?"

"예, 물건을 좀 사러……. 그건 그렇고 귀여운 애네요, 여자 친구분인가요?"

"허어?"

"햐, 햐웃!"

하루키는 히메코에게 싱긋 미소를 띠었다. 동성조차 매료시켜버리는 내숭 스마일이었다.

그런 파괴력 높은 미소를 맞닥뜨린 히메코는 "아으으"라며 얼굴을 붉히고 하야토의 등 뒤로 숨어버렸다. "어머 귀여워라"라고 하루키가 추가로 말을 건네자, 더더욱 얼굴을 붉히고 하야토의 셔츠를 움켜쥐었다.

"정말이지, 키리시마 군도 허투루 볼 수 없네요. 전학 오자마자 귀여운 여자친구를 사로잡다니."

"잠깐만, 뭔가 오해하고 있어."

"후후, 부끄러워할 것 없다고요?"

"저, 저기, 두 분은 아는 사이인가요?"

"예, 같은 반이에요. 옆자리라서 다른 사람들보다는 조금 더 잘 알지도 모르겠네요. 그러니까 무슨 일이 있다면 알려주시겠어요?"

"저, 저는 그게……."

무언가가 맞물리지 않았다.

하야토는 기묘한 문답을 주고받는 두 사람을 보고 한숨을 흘렸다.

"그야 잘 알겠지. 히메코, 이거 **하루키**야. 하루키, 얘 **히메코**다."

"어?"

"허?"

그리고 두 사람의 시간이 멈췄다. 빤히 마주 보는 하루키와 히메코.

"하루……?"

"히메……?"

""뭐어어어어어어어어어어어—!!""

야간의 편의점 입구에서 두 소녀의 목소리가 울려 퍼졌다.

그로부터 20분 뒤.

키리시마 가의 식탁에서 기세 좋게 라따뚜이 파스타를 먹고 있는 하루키의 모습이 있었다.

"으으, 맛있어! 맛있으니까 분해! 하야토인데!"

"그렇지—? 오빠가 요리를 너무 잘하니까 내 요리 스킬이 전혀 올라가질 않는걸."

"그거 이해돼!"

"이해하지 마, 하루키. 그리고 배워, 히메코."

하루키한테 이야기를 들었더니 편의점에 도시락을 사러 왔다고 해서, 그럼 잘됐다며 히메코가 초대했다.

아무래도 편의점 앞에서 그만큼 큰 소리를 내질렀으니까 계속 있을 수가 없었다는 점도 있었다.

무어라 악담을 내뱉으면서도 맛있게 먹는 하루키를 보고 하야토의 입가도 점차 느슨해졌다.

"맛있었어, 잘 먹었어! 한 그릇 더 먹어버렸네! 이러다가 살찌면 하야토 탓이야!"

"오빠 요리는 있지, 맛있지만 나도 모르게 잔뜩 먹게 되는 것만 나오니까…… 그냥 여자의 적이라고 할 수 있어."

"응, 여자의 적이야."

"그치―."

"그치―."

"으으으으……."

응응, 함께 고개를 끄덕이는 하루키와 히메코.

처음에 얼굴을 맞닥뜨렸을 때의 긴장감이나 격식 차린 표정은 어디로 갔는지, 오랜만에 만났음에도 떨어져 있던 시간은 느껴지지 않고 오랜 친구처럼 신이 나서는 대화를 나누었다.

이러니저러니 해도 히메코와 하루키는 츠키노세에서는 몇 없는 또래 어린아이여서, 하야토를 따라와서는 함께 논 적이 많았다.

그때의 인연이, 설령 7년이라는 시간과 거리가 떨어져 있

115

었다고 해도, 분명히 하루키와 히메코 사이에서 여전히 살아있다——. 그것이 피부로 느껴져 세 사람의 얼굴은 자연스럽게 그 무렵처럼 미소를 띠고 있었다.

"그건 그렇고 하루, 엄청난 미소녀가 됐네. 나, 처음에는 전혀 몰라서 깜짝 놀랐어."

"아하하, 내 **위장**도 꽤 대단하지?"

"응, 완전히 속았어! 아니 그것보단, 나 하루를 남자애라고 생각했거든. 오빠도 옛날이랑 변한 게 없다고 했고, 오히려 파워 업해서 원숭이에서 고릴라가 됐다고 그랬으니까."

"으으으응~, 하야토~?!"

"맞다——, 설거지 해야겠네."

"빚, 이니까!"

하루키의 날카로운 시선에 하야토는 깜짝 놀라서 총총히 부엌으로 도망쳤다.

흐지부지되어 버렸지만 히메코와 마찬가지로 하야토 역시 하루키를 남자라 믿었던 것이다. 어쩐지 겸연쩍어서 그것을 얼버무리듯이 설거지를 했다. 그런 하야토의 뒷모습에 하루키와 히메코는 서로 마주 보며 웃었다.

"……응."

"왜 그래, 히메?"

"역시 오빠 말대로 하루는 하루구나 싶어서. 음, 뭔가, 잘 말할 수가 없지만."

"아핫, 그게 뭐야. 근데 그렇구나, 하야토도 그렇게 말했지……."

"맞다, 하루. 연락처 교환해야지? 나는 오빠랑 다르게 스마트폰 가지고 있으니까. 오빠랑 다르게."

"어, 응, 하자하자! 역시 안 가지고 있는 하야토가 이상한 거야."

"애초에 오빠는 옛날부터 말이지──."

"그래그래, 하야토는──."

하루키와 히메코. 재회한 소꿉친구 소녀 두 사람은 공통되는 화제, 하야토에 대한 이야기로 잔뜩 신이 났다.

시골과 도시, 공백의 추억, 7년의 시간, 이야기는 끊이지 않았다.

즐거운 시간은 빨리 지나가고, 웃음소리와 함께 점차 밤이 깊었다.

"으으, 이제 슬슬 돌아가야겠네……. 어라, 그러고 보니 아저씨랑 아주머니는?"

"음─, 오늘도 늦는 모양이야."

"그런가. 그럼 이만 실례하겠습니다."

"응. 연락해, 하루."

시각은 오후 아홉 시를 조금 넘었을 무렵, 하루키는 너무 머물렀다며 자리에서 일어났다.

미련이 남는 것은 하루키만이 아니라 히메코도──그리고 하야토도 마찬가지였다.

"──바래다줄게."

"하야, 토?"

갑작스러운 제안에 하루키도, 그리고 하야토도 깜짝 놀란 표정을 띠고 말았다.

어째서 그런 소리를 해버렸는지 알 수 없었다. 서로 입을 떡 벌리고서 얼빠진 표정을 드러냈지만 히메코는 감탄한 표정이었다.

"그래, 오빠. 제대로 바래다줘야 되는 거 알지? 하루, 이렇게나 귀여우니까."

"으엑?! 저, 저기, 난 됐어! 그게, 뛰어가면 금방 갈 거리니까 나는 그냥."

"저기 그게, 그렇지……. 응, 이건 그거야, 빚을 만들 절호의 기회니까 말이지."

"아, 하야토!"

하야토는 그런 변명 같은 소리를 하며 총총히 제멋대로 밖으로 나갔다. 하루키도 거기에 뒤따르듯이 키리시마가를 뒤로했다.

"정말이지, 빚을 억지로 만들기는!"

그렇게 험담을 늘어놓았지만 막상 그녀의 표정은 어쩐지 기뻐 보였다.

대로에 있는 편의점으로 가는 길과 달리, 하루키의 집이 있는 주택가는 사람도 차량 통행도 적었다. 그만큼 늘어선 집들에서는 생활의 불빛이 새어 나왔다. 틀림없이 어디든

화기애애한 시간일 것이다.

그런 길을 하야토와 하루키는 어깨를 나란히 하고서 걸어 갔다.

서로가 어쩐지 신기한 기분이었다. 나쁘지 않은 기분이었다.

"그러고 보니까."

"응?"

"히메, 귀여워졌네."

"어, 그런가? 난 잘 모르겠는데."

"좋겠네. 나도 그런 동생, 있었으면 했는데."

"그렇게 좋은 것도 아닌데? 자주 늦잠 자니까 깨워줘야 되고, 태도도 거만한 데다 제멋대로고, 거실 텔레비전은 독 점하고서 양보해주지도 않고."

"아하하, 그 모습이 쉽게 상상되는 게 히메답네."

"그렇지?"

"그래도──아, 도착해버렸다."

"어."

몇 번인가 방문한 하루키의 집, 지극히 평범한 단독주택.

하지만 불빛이 없다는 것만으로 어째선지 하야토에게는 뒤틀려 보였다.

"하야토한테는 히메가, 히메한테는 하야토가 있어서 조 금 부럽네."

"하루키……?"

그런 소리를 하면서도 하루키는 딱히 아무것도 느끼지 않는 것처럼 주머니에서 열쇠를 꺼내고, 어둠 속으로 빨려 들어갔다.

"나, 혼자니까."

하루키는 조금 쓸쓸하게 웃으며 돌아봤다.
무언가 말하고 싶다──. 하지만 하야토로서는 건넬 말을 찾을 수 없었다.
"잘 자, 하야토. **또 봐!**"
"어, 어어. 또 봐, 하루키."
또 보자는 말을 특별히 강조한 뒤 문은 닫혔다.
어쩐지 석연찮은 기분이 남아 있었다.
하야토는 또 보자고 인사하며 들었던 손 그대로 머리를 벅벅 긁적였다.

제 8 화

건방져졌다

파스텔컬러 가구에 귀여운 도구류, 그리고 바닥에 굴러다니는 종이상자.

그런 히메코의 방에서 아침부터 키리시마 남매의 공방전이 펼쳐지고 있었다.

"일어나! 히메코, 이제 좀 일어나라고! 일어나줘! 벌써 여덟 시 넘었어!"

"으응~, 냉 샤부 샐러드 우동······."

"알았어, 오늘 저녁에 만들 테니까 일어나!!"

"참깨 소스~."

"히메코—!"

히메코는 이따금 엄청나게 늦잠을 자는 경우가 있었다.

그럴 때는 으레 하야토가 깨우는데, 오늘은 유난히 버거웠다.

말을 건네도 흔들어도 깰 기미가 없어서, 이불까지 통째로 바닥에 내동댕이쳐서야 간신히 "흐갸!"라고 비명을 터뜨리며 눈을 뜬 것이었다.

둘은 허겁지겁 준비를 마치고 함께 튕겨 나가듯이 집을 뛰쳐나왔다.

"으갸—, 머리카락 엉망—! 배도 고파—! 아침부터 땀범

벅이라니 최악—!"

"그럼! 나는! 어제 빨리 자라고 했잖아!"

"하지만—!"

원인은 히메코가 늦게 잔 것이었다.

하야토도 몇 번이나 빨리 자라고 재촉했지만 심야까지 옆방에서 스마트폰 알림이 끊이질 않았다. 완전히 자업자득이었다.

'젠장, 오늘 저녁에는 생토마토를 넣어서 억지로 먹일 거야!'

하야토는 적어도 저녁에 히메코가 싫어하는 음식을 내서 복수하자고 마음속으로 맹세했다.

하야토가 교실로 뛰어든 것은 수업 시작 종소리가 울리기 직전이었다.

"여, 키리시마. 늦잠 잤냐?"

"내가 아니라 여동생이 말이지, 모리."

"호오, 여동생이 있구나. 몇 살이야?"

"한 살 아래, 중3. ……그래서, 저건 뭐야?"

"으—음, 설명하기 어려운데."

하야토와 모리가 바라보는 곳에서는 반 아이들이 순례처럼 한 소녀를 방문하는 듯한 광경이 펼쳐지고 있었다.

그 대상은 하루키이고, 표정에는 어쩐지 우려의 기색이 드리워 있었다. 그런 그녀를 상대로 다들 걱정스럽게 번갈아서 말을 건네는 상황이었다.

"니카이도, 괜찮아?"

"무슨 일 있으면 말해줘야 된다?"

"예, 괜찮아요. 어젯밤에 좀처럼 잠들지를 못해서……."

하루키는 차분한 미소를 띠며 대답하지만, 부어오른 눈 때문에 어찌 봐도 무언가 힘든 일이 있지만 굳세게 행동하고 있는 것처럼 보여 주위의 불안을 부채질하고 말았다.

'……그 자식!'

하지만 하야토의 입장에서는 어디를 어떻게 봐도 히메코랑 심야까지 대화를 나눈 탓으로만 여겨졌다. 무심코 미간에 손을 대고 말았다.

"……아."

그때 갑자기 하루키의 스마트폰이 울렸다. 그걸 깨닫자마자 안절부절못하며 메시지를 읽고 쿡쿡 억누른 웃음을 흘리는 모습은, 주위를 동요하게 만들기에 충분한 파괴력을 지니고 있었다.

"어젯밤에 잠들지 못했다……. 지금 저 기뻐하는 표정…… 설마……!"

"아니, 오히려 이제까지 없었던 게 부자연스럽잖아?"

"전학생은…… 키리시마는 어디 있냐?! 녀석을 매달아라! 스마트폰을 꺼내면 녀석이 범인이다!"

특히 일부 남자는 살기마저 뿜어내며 하야토의 **진실** 추궁을 위한 도당을 짜기 시작했다.

"……아."

그제야 간신히 하루키는 자신의 언동이 주위에 어떠한 오해를 만들어내고 있는지 깨달았다. 아름다운 눈썹으로 여덟팔자를 그리며 하야토와 눈이 마주치고 말았다.

"(어, 어쩌지?!)"

"(……정말이지. 빚이다?)"

하야토는 작게 끄덕끄덕하는 하루키를 보고 크게, 그리고 보란 듯이 한숨을 내쉬며 자기 자리로 향했다.

"안녕, 니카이도. 엄청 기분 좋게 폰 보고 있는데, **여친**이라도 생겼어?"

"여, 여친?! 아니, 그게, 하야…… 아니, 키리시마 군……?"

"뭔가, 그냥 처음 생긴 여자친구한테 일희일비하는 사람 같아서 해봤어……. 기다리는 사람, 아니 그리운 사람이랑 만난 모양인데."

"어어……."

갑작스러운 화제 전환에 하루키는 허둥대고 말았다. 지금 막 알고 싶었던 화제가 나오자 주위에서도 마른침을 삼키는 모습으로 하루키에게 주목했다.

그런 하루키를 향해서 하야토는 의미심장하게 한쪽 눈을 감았다. 그렇게 마주 보기를 잠시, 하야토의 의도를 헤아린 하루키는 쿡쿡 웃으며 스마트폰 화면을 내보였다.

"맞아요! 자, 여기요——귀엽죠? 어릴 적에 본 뒤로 처음 재회해서 그게, 어젯밤에는 추억 이야기로 꽃을……."

"어, 어어, 그렇구나, 귀여운? 애네……?"

그곳에 찍혀 있던 것은 어젯밤 하야토의 집으로 왔을 때 둘이서 찍은 사진이었다. 그때 히메코는 편의점에 가려고 기합을 넣은 데이트 복장과 화장이었다. 사진도 나쁘지 않게 찍혔다. 동생이라고 귀엽게 보는 시선을 제외하더라도 상당한 미소녀라 할 수 있었다.

그건 하야토 옆이나 뒤에서 화면을 들여다보고 나온 "오, 귀여워" "사이좋네" "어느 학교 애지?" 같은 다른 사람들의 호의적인 의견에서도 알 수 있었다. 아무래도 히메코도 일반적으로는 괜찮게 평가받는 외모인 듯했다.

주위에서도 점차 히메코에 대한 흥미로 넘어가서 어느샌가 하루키에 대한 불온한 분위기는 희박해지고, 이윽고 들어온 담임 선생님의 "다들 시끄럽다―, 자리에 앉아―"라는 말과 함께 흩어졌다.

출석을 부르는 동안, 옆자리의 하루키가 하야토를 향해 입술을 움직였다.

"(고마워.)"

자세히 보니 미소를 띠기는 했지만 눈 밑으로 다크서클이 보였다. 어젯밤에 늦게까지 대화를 나눈 증거였다.

―으.

무언가 말해야겠다고 생각했다. 『바―보』, 라는 악담 한마디라도 해줄까 생각했다.

하지만 갑자기 어젯밤의 불빛 없이 캄캄하던 하루키의 집을 떠올리고―더는 아무 말도 할 수가 없었다. 어찌 된 영문인지 가슴이 답답해졌다.

"(……적당히 하라고.)"

슬며시 그리 대답할 뿐이었다.

하루키는 겸연쩍은 듯, 그리고 부끄러운 듯 웃음으로 답했다.

"이것 참—. 덕분에 살았어, 하야토!"

점심시간. 언제나처럼 비밀기지. 하루키는 오늘 아침의 일로 부끄러운 심정을 감추려는지 하야토의 등을 찰싹찰싹 때리고 있었다.

"아야, 아얏! 힘 조절은 좀 하라고…… 어, 그건 뭐야?"

"누드 쿠션?"

그러면서 하루키가 서둘러 가방에서 꺼낸 것은 커버를 씌우지 않고 노출된 흰색의 작은 쿠션이었다. 억지로 쑤셔 넣어서 쪼그라들었는지 서서히 부풀어 오르는 것이 둘.

"커버 없고 작은 거. 100엔숍에서 샀어. 200엔이었지만. 자, 하야토 거."

"어, 100엔숍인데 200엔이라니 어떻게 된 거야? 아, 그렇지. 돈."

"됐어, 이 정도 가지고. 근데 말이지, 작~은 부탁이 있어서……."

"응? 뭔데——읏!"

하루키는 하야토에게 건네려던 누드 쿠션을 가슴에 안고

뺨을 붉히면서 꾸물꾸물, 그를 올려다본 채로 천천히 다가왔다.

그것은 귀여운, 무척 여자다운 행동이었다. 하지만 짓궂게 웃는 눈빛은 명백하게 장난친다는 것을 알 수 있었다.

그럼에도 거기엔, 장난이라는 것을 알면서도 두근거릴 만큼의 매력이 있었다.

하야토는 그 심경을 상대가 알아차리지 못하도록 과장스럽게 몸을 젖혔지만, 그런 오버 리액션을 보고 입가까지 싱글대기 시작한 하루키가 더욱 몰아붙이듯이 바싹 다가왔다.

"나 있지, 하야토 걸 원해……."

"뭐, 뭘 말이야."

"그걸, 내 입으로 말하게 하고 싶어……?"

"하, 하루키, 너 말이야……."

수줍어하면서도 아슬아슬한 말로 몰아붙이자, 설령 놀리려는 것일지라도 하야토는 점점 더 동요를 감출 수가 없게 되어버렸다.

그것을 아는지 하루키는 요염하게 입술에 손가락을 댄 뒤, 하야토의 가방을 살며시 손가락으로 쓰다듬었다. 등줄기가 오싹오싹해지는, 정체 모를 감각을 느꼈다. 그런 하야토를 포착하는 장난기 가득한 눈빛조차 어째서인지 고혹적으로 느껴지기마저 했다. 이제는 참을 수 없다는 듯 마른침이 꿀꺽 넘어갔다.

"하야토……."

"하루키……."

──꼬르르르으으윽.

"……."

"……."

그리고 성대한 배꼽시계가 방에 울려 퍼졌다.

조금 전까지의 분위기는 어디로 갔는지. 하야토는 안타까운 생물을 보는 눈빛으로, 부끄러운 듯 쿠션으로 얼굴을 가린 하루키를 바라봤다.

"그, 그게, 나도 오늘 아침은 아슬아슬해서! 아침도 안 먹었고, 점심거리도 안 샀으니까!"

"하아, 나 참…… 빚이다? 아니, 나눠주는 건 괜찮은데 젓가락이 없네. 아무리 그래도 내 걸 빌려주는 건 조금……."

"아, 괜찮아. 편의점에서 받았다가 남은 게 가방에 몇 개 들어 있으니까."

"……그런가."

하야토는 조금 아쉬운 것 같은, 안도하는 것 같은 기분으로 도시락을 뚜껑에 덜었다. 한창 먹을 나이에 도시락을 반씩 나눠 먹는 것은 힘들지만 어쩔 수 없다.

그보다도 신경 쓰이는 것이 있었다.

이전에 슈퍼에서 만났을 때 냉동식품을 대량으로 구입했고, 어젯밤에 만난 것도 편의점에 저녁거리를 사러 왔다는 사실이었다. 그리고 어젯밤에 헤어질 때 본, 캄캄했던 집.

한번 생각을 시작하자 식사 사정 말고도 이래저래 그다지 좋은 상상을 할 수는 없었다.

"음~, 채소 가득한 이 햄버그 맛있어—. 이것도 하야토가 만든 거야?"

"아, 전에 대량으로 만들어서 냉동시켜둔 거야."

"냉동이면 뭔가 달라? 어쩐지 이상한 표정인데."

"어?"

하루키가 그렇게 말하고서야 하야토는 자신의 생각이 얼굴에 드러났다는 사실을 처음으로 깨달았다.

눈앞에 있는 것은 일찍이 함께 웃으며 아이스크림을 반으로 나누어 먹던 소꿉친구의 모습.

그때와 마찬가지로 도시락을 나누어 먹고 있지만, 찡그리고 있는 하야토의 얼굴. 하루키는 그런 하야토의 얼굴을, 자신이 나쁜 짓을 했나 싶어 어쩐지 겁먹은 느낌의 눈빛으로 들여다봤다. 마치 혼이 나는 게 무서운 어린아이 같은 표정이었다. 그것이 조금 전의 하루키의 장난 이상으로, 하야토를 지독히 동요하게 만들어버렸다.

"미안, 나—."

"—기가 막혀서 그래. 신이 나서는 밤을 새다시피 하고, 대체 뭘 그렇게 할 얘기가 많아?"

"하야토…… 아, 아하하, 이것저것 말이지. 응, 이것저것. 히메, 옷 브랜드나 화장 같은 거 엄청 잘 알더라, 나는 전혀 몰라서 혼났거든."

"호오, 의외네. 그런 **위장**을 할 정도니까, 잘 아는 줄 알았어."

"**착한 아이**를 **연기**하는 것뿐이니까. 게다가 있지──그래도……."

"……하루키?"

"웃! 아니, 아무것도 아냐!"

그러면서 하루키는 억지로 얼버무렸다. 명백하게 묻지 말아 달라는 태도였다. 한순간 드러낸 어두운 그 표정은 어젯밤 헤어질 때에 느낀 것과 너무나도 닮았다.

'──안 어울려!'

하야토에게 하루키는 언제나 장난을 좋아하고 억지스럽고, 얼간이인 데다 밝아서 미소가 어울리는 녀석이었다. 그것은 7년이라는 시간이 지난 지금도 변함없었다.

하지만 7년이라는 공백은 너무나도 길어서, 서로가 모르는 것이 너무도 많이 쌓여 있었다. 그것이 **과거의 하루키**와 **지금의 하루키**를 나누고 있었다.

사정은 알 수 없다. 분명, 간단히 말할 수 없는 것이리라.

그런 심정은 하야토도 충분히 알고 있어서…… 그렇기에 하루키에게 한 걸음 더 내딛는 것을 주저하고 말았다.

그래도 어떻게든 신경 쓰고 있다는 걸 하야토는 전하고 싶었다. 무엇보다 **그때**의 히메코와 겹쳐 보여서, 정신이 들었을 때에는 하루키의 머리를 마구 휘젓고 있었다.

"와풋, 잠깐, 하야토, 뭐 하는 거야──?!"

갑작스러운 그 행동에 당황한 하루키는 항의의 목소리를 높였다. 하지만 그러는 하야토의 얼굴을 봤더니 더는 아무 말도 할 수가 없어서——매일 아침마다 나름대로 공들이는 머리카락을, 그냥 하야토의 손길에 맡기게 되었다.

그리고 하야토 역시 뭐라 말하기 힘든 표정을 띠고 말았다.

짧아서 손에 콕콕 박히는 것 같았던 햇볕에 타서 상한 머리카락은, 그 무렵과 다르게 길고 매끄러워서 비단처럼 좋은 감촉으로 손가락 사이를 간질였다.

"하루키——."

——괜찮아?

——무슨 일 있다면 말해도 되는데?

——나는 여기에 있으니까…….

무언가 말하고자, 하야토 안에서 몇몇 말이 떠올라서는, 무언가 다르다는 느낌에, 점차 사라진다. 마음만이 헛돌아서 왠지 안타까웠다.

하루키는 그렇게 연신 표정이 변하는 하야토의 얼굴을 보고서 쿡쿡 웃고——.

"응."

그렇게, 한마디만 대답했다.

옆에서 보면 무척 짧은 대화. 하지만 두 사람이 통하기에는 충분한 말이었다. 지금은 아직, 이것만으로 충분하다고. 그들의 표정은 어쩐지 만족스러웠다.

"하야토는 있지, 변했네."

"……그런가?"

"응, 건방져졌어."

"허? 그게 뭐야."

"아핫, 뭘까?"

창문으로 보이는 초여름의 하늘에, 옛날과 똑같은 새털구름이 떠 있었다.

시골과 도시. 공백의 시간. 이래저래 변해버린 것에, 상대에 대한 안타까움.

하지만 두 사람은 웃으면서, 옛날과 마찬가지로 같은 것을 나누어 먹었다.

제 9 화

내버려 두겠냐!

　오후의 학교, 운동장에서 들리는 체육 수업의 소리, 창문으로 올려다보면 내리쬐는 초여름의 태양.

　마음이 느슨해지고 잠기운이 지배하는 고전문학 수업 도중. 하야토도 그만 꾸벅꾸벅하고 있었다.

　그러던 때에 갑자기 눈앞으로 접어놓은 메모지가 날아왔다.

　"응......?"

　이런 짓을 할 상대로 짚이는 것은, 하야토에게는 한 사람밖에 없었다. 아니나 다를까 옆자리로 시선을 향했더니 짓궂은 눈빛으로 싱긋 미소 지은 하루키의 얼굴이 있었다.

　흘끗흘끗 움직이는 시선을 보기에, 아무래도 메모지 내용을 바로 읽으라는 말을 하고 싶은 모양이었다.

　『방과 후 우리 집 집합! 히메가 와, 살려줘!』

　하야토는 메모 내용을 읽고 고개를 갸웃거렸다.

　'......이거 뭐야?'

　하루키네 집에 가는 것은 괜찮다. 가끔씩 방문하기도 하고 늘 있는 일이다.

　히메코가 온다는 것도 알겠다. 하루키와도 소꿉친구라고 할 수 있고, 어젯밤에도 대화를 무척 즐기던 모양이었다.

　하지만 마지막에 나온 『살려줘!』가 무슨 뜻인지 알 수 없었다.

무슨 소리인가 싶어서 하루키를 봤더니 곤란하다는 표정으로 부탁하듯 한 손을 들 뿐.

그래서는 알 수가 없어 하야토는 메모지에 대답을 쓴 뒤, 주위에 보이지 않도록 조심스럽게 다시 던졌다.

『살려달라고만 하면 알 수가 없지. 히메코랑 싸우기라도 했어?』

하야토의 메모를 본 하루키는 곧바로 대답을 적어서 던지고, 하야토도 곧바로 대답을 적어서 하루키에게 던졌다.

어쩐지 나른한 오후의 분위기가 감도는 교실 안, 하야토와 하루키는 그런 비밀스러운 대화를 거듭했다.

『사실은 히메코한테 있지, 사복으로 치마가 하나도 없다는 걸 들켜서 엄청나게 혼이 났거든요.』

『그건 하루키다운데, 뭐가 문제라는 거야?』

『히메가 우리 집에 와서 그걸로 이것저것 체크를 하게 됐는데. 여자력이 요구되는 그런 이야기를 내가 할 수 있을 거라 생각해?』

『음…… 못 하겠지. 오히려 바비큐 불 피우는 비밀 기술 이야기를 더 잘할 것 같아.』

『그렇지──아니, 그거 뭔지 신경 쓰여 바비큐 파티 하고 싶어! 으, 그건 시골의 넓은 집이 아니면 못 하니까.』

『아, 숯을 세워 원통형으로 만들어서 공기가 잘 통하게 하는 거야.』

『호오~! 아, 고기는 역시 지금도 멧돼지나 사슴뿐이야?』

『밭을 못 망치게 설치한 함정에 누가 걸리느냐가 중요하겠지만, 멧돼지가 많지. 그밖에는 오소리——.』

당초의 화제는 어디로 갔는지 점점 이야기가 엇나가고 있었지만 어째선지 기세를 타버렸다. 하야토와 하루키에게는 이런 두서없는 이야기가 무척 즐겁게 여겨졌다.

하지만 그 기세와 함께, 주위 시선에 대한 경계가 옅어지고 말았다.

"니카이도, 아까부터 키리시마한테 뭐 있냐?"

"윽!"

"어?!"

교사의 목소리에 두 사람은 정신을 차리고 무심결에 어깨를 들썩거렸다.

주위를 보니 아무래도 다른 반 아이들까지 꽤 주목하는 모양이었다. 그중 몇 명에게는 하야토와 하루키 사이에 무언가 있는 것 같다며 알아차린 낌새도 있었다. 흥미를 끌어버렸다.

두 사람은 잠시 얼굴을 마주 봤지만, 하루키가 정말로 면목 없다는 표정을 띠고서 손을 들었다.

"저기, 선생님. 조금 전부터 키리시마 군이 묘하게 안절부절못해서…… 그게, 화장실에 가고 싶은 건 아닐까 싶어서요…….."

"뭐냐, 키리시마. 가고 싶다면 빨리 말하라고. 얼른 화장실 갔다 와. 그리고, 좀 수업 전에 딱 가 둬라."

"뭐?!"

와하하, 교실 안에 웃음이 퍼졌다. 남자 일부는 "얼마나 참았길래" "부끄러운 녀석"이라며 몰래 비웃는 소리도 들렸다.

니카이도 하루키는 청순가련, 문무 양도이며 인기 있는 우등생이다. 그녀의 말을 의심하는 사람은 없다.

'이 자식, 나를 핑곗거리로 썼겠다!'

하야토가 수치심에 얼굴을 붉히며 하루키를 봤다. 그녀는 한쪽 눈을 감고서 핑크색 혀끝을 보란 듯이 살짝 내밀었다.

"(미안해, 하야토.)"

"(큭, 이거 빚이다?!)"

화장실을 참고 있었다는 이 흐름에 이의를 제기할 수도 없었다. 하야토는 남들에겐 아슬아슬할 때까지 화장실을 참고 있던 것처럼도 보이는 가운데, 새빨간 얼굴이 되어서는 화장실로 향했다.

수업 끝을 알리는 종소리가 울렸다.

그것을 신호로 학교 전체가 시끌벅적해지기 시작하고 각 교실이 다시 떠들썩해졌다.

지루한 수업에서 해방된 모두가 방과 후의 예정을 입에 담고, 관심이 있는 사람에게 말을 건넨다.

"그, 미안해요. 저, 오늘은 **친구**랑 약속이 있어서요."

어디서든지 들을 수 있을 법한 거절 멘트.

그런데도 그것을 입에 담은 것이 니카이도 하루키라는 것만으로 주위는 소란스러워졌다.

"니카이도가 친구랑 약속…… 누구지?"

"누구랑 같이 노는 이미지가 아닌데……."

"에이, 오늘 아침에 말했던 소꿉친구겠지."

그런 목소리가 여기저기서 들렸다.

'인기인은 큰일이구나.'

하야토는 그런 식으로 속삭이는 그들을 곁눈질로 응시하며 일어섰다. 하루키와는 따로 집으로 갈 생각이었다.

그냥 전학생과 인기 있는 미소녀, 본래는 옆자리라는 것 이상의 접점은 없으니까 이것이 지극히 평범한 흐름일 터.

그리 생각해서 현관까지 나왔더니 다른 의미로 주목을 모으고 있는 목소리가 들렸다.

"쟤 누구지? 저거 근처 중학교 교복 아니야?"

"귀엽지 않냐? 나도 저 중학교였는데, 저런 애가 있었다면 무조건 기억할 텐데."

"아니, 왜 중학생이 여기에…… 남친 기다리나 본데?!"

"저런 수준의 여자가 마중 온다니…… 대체 어떤 놈이냐, 얼굴 좀 보자!"

하야토도 무슨 일인가 싶어서 살펴봤더니 잘 아는 상대였다. 동생, 히메코다.

히메코는 시골 츠키노세에서는 볼 수 없는 인파가 호기심 어린 눈빛으로 바라보자 반쯤 우는 것 같은 모습이면서도 할 일이 없는 듯 두리번두리번하고 있었다.

'히메코 저 녀석, 그러고 보니 주목받을 거란 생각이 없었 겠네⋯⋯.'

하야토는 동생의 안타까운 모습을 보고 미간을 짚으며 한숨을 내쉬었다.

불안해져서 누군가를 기다리는 모습은 하야토에게는 그저 거동이 수상쩍은 동생일 뿐이었지만, 주위에서는 불안해하면서도 기특하게 기다리는 사람이 오지는 않을지 안절부절못하는 모습으로 보이는지 대개 좋은 인상인 듯했다.

그렇게 겁먹은 것 같던 자그마한 동물은, 기다리던 인물을 발견하자마자 마치 주인을 발견한 강아지가 전력으로 꼬리를 흔드는 듯한 기세로 달려갔다.

"하, 하루!"

"히메?!"

하루키에게 달려간 히메코는, 하루키의 사정 따위는 알 바 아니라는 듯이 억지로 팔을 붙잡고 빨리 가자고 재촉했다.

히메코로서는 한시라도 빨리 이 자리를 떠나고 싶은 것뿐이지만, 주위에서 보면 다름 아닌 니카이도 하루키의 팔을 친근하게 잡아당기는 여자아이가 되어버렸다.

게다가 히메코는 고등학교까지 오는 게 신경 쓰였는지 교복 차림 나름대로 헤어스타일이나 화장 등에 무척 기합을 넣었다. 그야말로 둘이 나란히 서도 손색이 없을 정도. "쟤 누구야? 좀 괜찮은데?" "같은 반 애가 다시 만난 소꿉친구라던데" 같은 목소리가 들리면서 더더욱 주위의 관심이 끌려 상황이 불편해지고 있었다.

"……."

하야토는 그런 두 사람의 뒷모습을 주위의 수군거리는 소리와 함께 지켜보고, 조금 늦게 하루키의 집으로 걸음을 향했다. 어찌 된 영문인지 가슴이 술렁거렸다.

얼굴에 드리운 것은 왠지 석연찮은 기색.

아직 높은 위치에서 자신을 주장하는 초여름의 태양을 새털구름이 뒤덮고 있었다.

하야토는 홀로, 히메코에게 끌려간 하루키의 집으로 향했다.

"더워……."

아스팔트에서는 아지랑이가 피어오르고, 이따금 부는 바람은 청량함이라고는 요만큼도 없이 미적지근했다.

하야토는 어쩐지 답답한 기분이 드는 것이 불쾌한 이 날씨 탓인지, 아니면 유치한 질투 같은 것 때문인지 판단이 서지 않았다.

그저 완만하게 다리를 움직였다. 마치 대답을 내기를 주저하는 것 같았다.

하지만 걸어가는 사이에 이윽고 하루키의 집에 도착했다.

하야토도 몇 번인가 방문한, 주택가에 있고 특별히 설명할 것도 없는 평범한 집이다. 그럴 터였다.

평소처럼 인터폰을 누르려다가, 전날 이 집의 어둠 속으

로 빨려들듯이 돌아간 하루키를 떠올리는 바람에——어째
선지 망설이느라 손이 멈춰버렸다.

"……아, 진짜, 덥네!"

하야토는 손으로 수많은 것들을 얼버무리듯이 머리를 벅
벅 긁고 그 기세로 인터폰을 눌렀다.

띵동, 초인종이 울려 퍼졌다.

그리고 적막도 한순간, 타박타박 요란스러운 소리와 함께
기세 좋게 문이 활짝 열렸다.

"자, 하야토, 하야토도 왔잖아! 응?!"

"오빠, 하루 좀 붙잡아!"

"뭐, 뭐야?!"

현관에서 총알처럼 튀어나온 하루키를 히메코가 시키는
대로, 끌어안는 듯한 모양새로 붙잡고 말았다.

"큭, 하야토 이 배신자!"

"무, 무슨 일인지 모르겠지만 날뛰지 말고. 진정해, 하루키."

하야토는 여러 의미로 곤혹스러웠다.

하루키와 히메코가 무슨 상황인지 전혀 알 수 없었고, 옛
날과 달리 품에 폭 들어오는 작은 몸이라든지, 붙잡은 팔의
부드러운 느낌이나 열기, 그리고 날뛸 때에 닿아 버리는 하
루키의 가슴이나 허벅지의 감촉도 있어서 당황해버렸다.

"후훗, 오빠는 그대로 하루키를 연행해줘."

"어, 어어……."

"큭, 죽여라!"

히메코에게는 거스르지 않는 게 좋겠다고 생각하게 만드는 묘한 박력이 있었다. 고개를 풀썩 숙인 하루키와는 대조적이었다. 하루키는 다짜고짜 다시 끌려갔다.

물론 죽이라고 하는 것치고는 여유가 있어 보인다. 이것도 장난의 일종이리라.

"윽……."

최근에 익숙하게 들르고 있는 방으로 발걸음을 옮기려던 하야토는 저도 모르게 한 걸음 물러나고 말았다.

책상 위에 패션 잡지가 빼곡하고 히메코의 방에서 본 적 있는 화장품이 펼쳐져 있는 모습은, 남자는 들어오지 말라는 듯한 'THE 여자'스러운 화려한 공간이었다.

과연, 하루키가 도망치는 것도 무리는 아니었다.

침대 위에는 견본인 듯 수수하면서 심심하고 촌스러운 셔츠와 반바지, 긴 바지 따위가 놓여 있었다. 하야토는 무심결에 하루키의 얼굴을 보고 말았다.

"오빠, 이 꾸미기와도 색기와도 거리가 먼 사복, 어떻게 생각해?"

"……내가 봐도 심각한데."

"하야토?!"

하루키는 믿을 수 없다는 듯이 배신자를 보는 것처럼 하야토에게 시선을 던졌지만, 막상 하야토는 서글픈 생물을 보는 듯한 눈빛으로 답했다. 이번에는 하루키가 당황할 차례였다.

그리고 하야토와 히메코는 둘이서, 궤멸적 센스인 하루키의 사복을 검토하기 시작했다.

"하루, 이건 전체적으로 검고, 촌스럽고, 수수한 삼박자를 두루 갖춘 데다 오래된 것도 많아. 이 셔츠 같은 건 사이즈도 안 맞잖아?"

"이건 그, 더러워져도 되는 옷이라고 할까, 어릴 적에 입던 옷을 방불케 하는 것들뿐이네."

"요전에 그 옷은 기적의 산물이었구나……."

"그러네, 기적이네……."

"으으……."

소꿉친구 남매 두 사람에게 불합격을 받은 하루키는 눈물을 글썽이며 고개를 숙이고 말았다.

"어, 그렇게나 엉망이야?"라는, 가냘픈 울음소리마저 나왔다.

하지만 그런 하루키를 바라보는 히메코의 눈빛은 무척 다정했다.

"괜찮아, 하루. 비록 옛날 그대로의 궤멸적인 사복이랑은 같이 걷고 싶지 않다고 생각해도, 하루는 하루니까. 버리지는 않을 테니까."

"내, 내가 그 정도야?!"

"히, 히메코?"

그리고 히메코는 상쾌하게 웃는가 싶더니 득의양양한 미

소로 살며시 하루키에게 귓속말했다.

하루키는 갑작스러워서 몸을 움찔 움츠렸지만 점점 진지한 표정으로 바뀌고, 이내 항상 하야토에게 내비치는 짓궂은 미소를 띠었다.

'대체 뭘 꼬드기는 거야…… 뭔가 세뇌하는 것 같은데.'

하야토는 어이없다는 표정으로, 아까와는 전혀 달리 간계를 꾸미는 것 같은 소녀 둘을 지켜봤다.

이따금 하야토를 흘끗흘끗 보는 모습 등등은 어릴 적에 몇 번인가 본 것 같은 풍경이었다.

"──뭐, 그래. 어때? 흥미가 생기지 않아?"

"예, 선생님!"

"좋아, 그럼──."

오른손을 처억 올리는 하루키와 만족스럽게 고개를 끄덕이는 히메코.

그런 히메코를 중심으로 잡지를 교과서로 삼아 패션 강좌가 펼쳐졌다.

솔직히 하야토는 잘 알 수 없는 이야기였고 하루키도 조금 애매한 반응이었다. 그래도 알 바 아니라는 듯이 히메코의 연설은 계속되었다.

'아, 어릴 적 소꿉놀이랑 똑같네.'

어릴 적, 이따금씩 그렇게 제멋대로 구는 히메코에게 휘둘린 적도 있었다. 그때와 다름이 없는 광경이라 생각하며 하야토는 목 안쪽으로 끅끅 웃음을 참았다.

히메코의 독무대는 계속되어서, 하야토는 가끔 자신에게 돌아오는 의견에 끄덕끄덕 고개를 끄덕일 뿐인 머신이 되고 하루키는 눈이 빙빙 돌아가며 머리에서 연기를 뿜어내는 장치가 되었다.

하지만 다들 얼굴을 마주하면 미소였다.

"──이상이야. 아─, 너무 말해서 목말라."

"그러고 보니 나 아무것도 안 내왔네. 홍차 괜찮아?"

그리 말하더니 하루키는 일어나서 아래층의 부엌으로 향했다.

하야토는 후우, 크게 한숨을 내쉬고 기지개를 켰다. 히메코는 그런 오빠에게 타박하는 듯한 눈빛을 보냈다.

"오빠, 하루는 분명 하루지만 저래 봬도 일단은 여자거든?"

"저래도, 라니 말이 심하네."

"자, 도와주러 가도록 해."

"어─."

건성으로 대답하면서도 하야토는 일어섰다.

히메코의 말에 조금 전 팔 등등으로 느낀 하루키의 감촉을 떠올리고 만 탓이었다. 그런 얼굴을 동생에게 보여주고 싶지 않기도 했다.

어쩐지 복잡한 심정이 가슴속에 휘몰아치고, 그것을 얼버무리듯이 계단을 내려가며 머리를 벅벅 긁적였다.

생각해보면 하루키의 방 말고는 들어간 적은 없지만 그래도 부엌이 어디인지는 금세 알 수 있었다. 문이 조금 열려 있고 불빛이 새어 나오면 일목요연하다.

"하루키, 옮기는 거 도와줄게."

"…………아."

어쩐지 얼빠진 하루키의 목소리가 새어 나왔다. 하야토의 눈으로 그 안쪽에 있는 것이 날아들었다.

그곳은 부엌 너머로 거실이 내다보이는, 흔한 형태였다.

하지만 흔한 형태와는 달리 그 거실은 이질적인 분위기를 미처 감추지 못했다.

흩어져 있는 전단지 다발에 다수의 종이봉투, 아직 밝은 데도 단단히 닫힌 덧문, 무척 정돈되어 있음에도 불구하고 먼지를 뒤집어쓴 가구들.

명백하게 오랫동안 아무도 사용한 흔적이 없는 거실이었다.

시선을 부엌 쪽으로 되돌리자 대량의 도시락 용기와 냉동식품 포장이 빼곡한 쓰레기통.

그것은 현재 하루키의 상황을 여실하게 이야기하고 있었다.

"……하루, 키."

"아, 아하하……."

하야토의 입에서 무어라 형용하기 어려운 말이 새어 나왔다.

그럼에도 하루키는 그저 곤란하다는 듯 웃음을 띨 뿐이었다.

하야토 안에서 이제까지의 일들이 단숨에 이어졌다.

위장, 편의점 도시락, 냉동식품, 불빛이 없는 집에 이 거실, 그리고 **혼자**.

생각해보면 하루키의 방에 있던 물건은 게임에 만화, 프

라모델까지 혼자서 시간을 보낼 수 있는 것들뿐이라고 할
수도 있었다.

"어―, 하야토. 그게 이건 말이지, 그거야. 그거라고 할까
그건데, 그거라고 할까……."

역시나 보여서는 안 되는 것이 드러났다고 생각했는지 하
루키는 시선을 헤매고, 허둥지둥 팔을 휘두르고, 그거를 연
호하며 얼버무리려고 했다.

다시 생각하면 하야토는 이 집에서 하루키를 제외한 사람
과 맞닥뜨린 적은 없었다. 그들의 기척조차 없었다. 이미 몇
년이나 하루키는 이 집에서 계속 혼자였음에 틀림없었다.

그런 주제에 지금처럼 미소를 띠고 괜찮다, 멀쩡하다는
모습을 가장하려고 한다.

하야토는 그것이,

무척,
이상하게,
마음에 들지 않았다.

심지어 조금 더 빨리 알아차리지 못했던 스스로에게 몹시
화가 났다.

"……가자, 하루키."

"어, 아니, 하야토! 잠깐만, 간다니 어디로……."

하야토는 물을 끓이고 있는 가스레인지를 끄고 하루키의

팔을 억지로 붙잡았다.

하루키는 그의 얼굴이 화가 난 것처럼 보여 큰 소리를 내봤지만, 점점 말꼬리가 작아져 버렸다.

"오빠, 하루, 무슨 일이야?"

역시나 처음 하루키의 목소리가 너무 컸는지 히메코도 상황을 보러왔다.

히메코가 그곳에서 목격한 것은 하루키의 팔을 잡아끄는 하야토였다. 소꿉친구 미소녀를 억지로 어디론가 데려가려고 하는 오빠의 모습이었다.

히메코 역시 무언가 말을 하려고 했지만 하야토의 얼굴을 보고 그만뒀다.

그의 얼굴은 지독히 험악해서 무슨 소리를 하더라도 들을 생각이 없다는 것을 느끼게 만드는 강한 의지가 깃들어 있었다. 하지만 히메코는 과거의 경험에서 이런 표정일 때의 오빠는 상대를 생각해서 행동한다는 사실도, 그리고 의지가 된다는 사실도 알고 있었다.

"히메코, 슈퍼 들렀다가 집으로 돌아가자."

"응, 알았어. 짐 챙길게."

"히, 히메도?!"

하루키는 여전히 영문을 모르고서, 무어라 말도 못 하고 키리시마 남매에게 끌려갔다.

대체 어째서 이렇게 돌아가는지 알 수가 없었다.

하지만 자신을 생각해서 하는 행동이라는 것은 알 수 있었기에 신기하게도 나쁜 기분이 아니었다.

"저기, 나 일단 옷부터 갈아입어도……."

"교복으로 가도 되지?"

"아, 예."

참고로 사복으로 갈아입게 해달라는 하루키의 요구는 엄청난 미소의 히메코에게 각하당했다.

하루키의 집에서 조금 떨어진 10층짜리 가족형 아파트.

그 건물의 6층에 있는 소꿉친구의 집, 그곳의 부엌에는 조금 전에 슈퍼에서 구입한 것들이 쭉 놓여 있었다.

"으음……."

하야토와 히메코에게 억지로 끌려온 하루키는 여전히 상황을 파악하지 못했다.

"나는 채소를 잘게 썰 테니까, 히메코는 마늘이랑 생강을 다져줘."

"오케이. 하루는 볼이랑 조미료 꺼내줄래?"

"어, 응…… 아니, 어디 있는데?"

무엇을 하고 싶은지는 알았다. 저녁을 만든다는 것도 알겠다.

하지만 어째서 이렇게 되었느냐는 것과, 구체적으로 무엇을 만들려는 것인지는 와 닿지 않았다. 그래서 하루키는 하야토와 히메코가 시키는 대로 요리를 도왔다.

'하야토, 무척 익숙하구나…….'

하야토가 요리하는 모습은 처음 보지만 초보자의 눈에도 무척 능숙하게 움직이는 것이, 상당한 숙련도가 엿보였다. 하루키는 그것을 조금 신기하다고 느꼈다.

그런 하루키의 심경과는 별개로 요리는 착착 진행되었다.

다진 돼지고기에 자른 부추, 양배추, 배추, 대파, 표고버섯, 거기에 다진 마늘과 생강, 소금, 후추, 간장으로 간을 하고 반죽해서 소를 만든다.

그리고 밀가루로 만들어진 둥근 피를 꺼내면, 아무래도 지금부터 만들려는 음식은 예상이 갔다.

"만두? 양이 무척 많아 보이는데."

"만드는 데 수고가 많이 드니까 사람이 있을 때 만들 수 있을 만큼 만들어두고 남은 건 냉동시키려고."

"아하, 손님한테 그걸 도우라고?"

"하루키니까."

"나니까…… 후후, 그런가."

묵묵히 셋이서 만두소를 감쌌다.

하루키는 처음에는 힘들어했지만 역시 우등생, 한번 요령을 파악하자 솜씨 좋게 모양을 잡아서 하야토도 혀를 내둘렀다.

그중에서는 히메코만이 뒤틀린 만두 오브제를 양산하고 있었다.

"히메…… 으아……."

"시, 시끄러워! 나는 오빠가 만들어주니까 됐어!"

"할 줄 알아서 손해 볼 건 없다고 생각하는데……."

그래도 히메코가 만들기를 멈춘 것은 아니었다. 세 사람의 얼굴에는 웃음이 걸려 있어서, 이 만두 빚기를 즐긴다는 것을 알 수 있었다.

그리고 전부 빚은 만두를 기름을 붓고 데운 프라이팬에, 밀가루를 녹인 물로 찌듯이 구우면 깔끔하게 날개가 달린 만두가 된다.

밥이랑 된장국에 전에 미타케 미나모한테 받은 가지를 조려서 놓으면 저녁 식사 완성이다.

"와……!"

식탁에 놓인 그것을 보고 하루키는 감탄을 흘렸다. 그녀의 가슴속에 무어라 형용할 수 없는 고양감이 샘솟았다.

"잘 먹겠습니다~…… 앗, 뜨거워! 오빠, 물!"

"뭐 하는 거야, 히메코……. 음, 하루키는 안 먹어?"

"어, 응. 잘 먹겠습니다."

뜨겁다고 떠드는 히메코, 고개를 절레절레 내저으며 물을 주는 하야토.

하루키는 그런 두 사람을 바라보며 만두를 입으로 옮겼다.

"뜨거워, 그래도 맛있어."

엄청 맛있는, 그리고 그리운 맛이 났다. 각별한 맛이었다.

생각해보면 하루키에게 누군가와 이런 식으로 식탁에 둘러앉은 것은 무척 오랜만이었다.

잇따라 젓가락이 움직이고, 정신이 드니 커다란 접시에

대량으로 담겨 있던 만두는 얼마 남지 않아서 하루키와 히메코의 쟁탈전이 펼쳐지고 있었다.

"밥도 먹어, 밥도."

"하지만, 하루의 기세가!"

"와구와구, 으응~~~!"

그런 시답잖고 어린애 같은 대화를 나누며 저녁을 먹었다. 하루키는 배뿐만 아니라 마음까지 충족되는 것을 알 수 있었다.

'아, 그렇구나. 나는 생각했던 것 이상으로 마음이 약해져 있었구나……'

그렇기에 하야토는 억지로라도 하루키를 데려온 것이리라.

하지만 그런 하야토는, 하루키에게 무어라 말하면 될지 알 수 없어서 이런 식으로 식탁에 둘러앉아 있을 뿐이었다. 하루키는 서투른 녀석이라며 슬며시 웃었다. 갑자기 눈가에 눈물이 맺히는 것을 자각했다.

하야토는 그런 하루키의 얼굴을 보고 어쩐지 우물쭈물하면서도 머리를 긁적이며 말했다.

"그게 말이지……. 보통 저녁은 히메코랑 둘이 먹을 때가 많거든. 그러니까, 하루키만 괜찮으면 앞으로는 우리 집에서 저녁 같이 먹지 않을래?"

"……어?"

하루키는 한순간 무슨 말을 들었는지 알 수 없었다.

하야토나 히메코의 가족은? 이라든지, 그래서 요리 실력이 좋았구나? 라든지. 그런 다양한 의문이 떠올라서 뇌리를 스쳤다.

하지만 입에서 나온 것은 순수한 의문이었다.

"어째서?"

하루키는 어째서 이렇게까지 해주는 것인지 알 수 없었다. 자신을 향한 호의에 당황하고 말았다.

하야토의 말은 친절의 뒤에 있는 타산이나 욕망, 그런 것으로 점철된 감정만을 맞닥뜨렸던 하루키를 무척 혼란스럽게 만들었다.

하루키 스스로도 이런저런 생각이 있다. 말할 수 없는 것도 있다. 하야토도 신경이 쓰일 터.

하지만 무어라 물어보지도 않고, 그런 말을 해주고, 손을 내밀어주고…… 어째서 그렇게까지 해주는 것인지 도저히 알 수 없었다.

"그야 하루키니까…… **친구**니까 그렇지."

"……아."

그러나 돌아온 것은 그런 간단한 이유였다. 그렇기에 마음에 울렸고, 눈가에 맺혀 있던 것이 흘러내리려고 해서 황급히 손끝으로 훔쳤다.

"그런가, 나라서 그런가."

"……그래."

"이것도 하야토의 빚, 일까?"

"딱히 빚으로 계산 안 해도 돼."

"그럼, 약속."

"……자."

그러면서 어쩐지 퉁명스러운 하야토와, 짓궂은 미소를 띤 하루키는 새끼손가락을 걸었다.

서로 말할 수 없는 일은 있다. 하지만 말하지 않아도 전해지는 것이 있었다.

"정말, 여전히 사이는 좋다니까……."

히메코는 그런 두 사람을 어이없다는 듯이, 그리고 조금 부럽다는 눈빛으로 보고 있었다.

제 10 화

히메코의 결의

아파트에서 도보로 20분.

츠키노세 시골과는 달리 초등학교와 하나가 아니고, 목조 단층 건물이 아닌 철근 콘크리트 3층 건물인 학교. 그것이 히메코가 다니는 중학교였다.

교복도 이전의 촌스러운 일체형 긴 치마가 아닌 귀여운 체크무늬 치마에, 칼라 쪽으로 같은 무늬를 장식한 세일러복이었다. 히메코는 그것이 마음에 들었다.

히메코는 이곳 도시의 학교에서도 상당한 미소녀 취급이었다.

힘차고 동그란 눈, 부드럽게 웨이브가 진 머리카락. 스타일도 극히 일부 앞으로의 성장에 기대하는 부분이 있지만, 늘씬해서 나쁘지 않다.

전학생이라는 것도 어우러져서 그녀는 상당히 주목을 모으는 존재였다.

그런 히메코가 지각 직전에 교실로 뛰어들어서 "하아……" 하고 애절하게 한숨을 내쉬면, 그것은 무척 눈에 띄게 된다.

친해진 같은 반 여자, 토리가이 호노카가 곧바로 무슨 일이냐며 말을 건넸다.

"히메코, 한숨까지 쉬고…… 무슨 일 있어?"

"어— 응, 조금."

"또 텔레비전 방송일이 달라서 당황했다든지?"

"일주일 치를 놓쳐서 난리였지만, 지금은 괜찮아."

"나무 전봇대가 안 보여서 위화감을 느꼈다든지?"

"그건 이제 익숙해진 것 같아."

"그럼 오늘도 도로에서 죽어 있는 개구리나 도마뱀을 전혀 못 본 거라든지?"

"정말로 안 보이더라──아니, 나나나난 시골뜨기 아니라고!"

"아하하, 그러네—."

얼굴이 새빨개진 히메코는 일어서서 필사적으로 부정했지만 토리가이 호노카나 주위의 아이들은 그 모습을 흐뭇하게 지켜봤다.

히메코는 시골 출신이라는 사실을 감추고 있지만 코인 정미소가 없다는 사실에 놀라거나 사유 철도의 개념을 모른다거나, 전학 첫날부터 안타까운 모습을 드러내는 바람에 그 이후로는 놀림을 당하는 마스코트 같은 위치가 되었다.

참고로 히메코 본인은 아직 시골 출신이라는 사실을 들키지 않았다고 생각한다.

"그래서, 어쩐 일이야? 또 뭔가, 전에 살던 곳이랑 달라서 놀란 게 있었어?"

"응, 그런 느낌. 이번에는 일이 아니라 사람이지만."

"사람?"

"오빠 옛날 친구. 나도 몇 년 만에 다시 만난 거라 있지, 완전히 모습이 변해버려서, 으—응, 뭐라고 할까 마음이 답답하거든."

"어떤 사람이었어?"

"으—응, 오빠랑 같이 산과 들을 뛰어다니고, 장난을 좋아해서 자주 혼나고, 그러면서도 나까지 신경 써서 같이 놀아준 골목대장 느낌이었는데, 이제 어쩐지 겉보기로는 우등생~이란 느낌이 되어버렸어."

"흐응…… 좋아했어?"

"어—…… 응, 그럴지도. 좋아했던 걸까."

——좋아했다.

그 말이 히메코의 가슴으로 쿵 떨어졌다.

어린아이 특유의, 막연하면서 옅은 감정. 첫사랑이라 부르는 것조차 망설여지는 불확실한 감정. 그래도 좋아한다는 말에 끼워 넣으니 그것들이 맞아 들어가는 것을 느꼈다.

분명히 좋아했다. 그것이 어떤 좋아한다는 감정인지는 알 수 없다. 하지만 확실히 히메코는 하루키를 남자라 생각했고, 그리고서 좋아했던 것이다.

하지만 혹시 그것이 진짜 감정이었을지라도, 히메코의 마음이 이루어지는 일은 결코 없다. 하루키가 여자라는 사실은 뒤집을 수 없다.

달콤하면서 애달픈 아픔이 욱신, 가슴을 덮쳤다. 저도 모르게 히메코는 자신의 담백한 가슴에 손을 대고 있었다.

"치사하네……."

"히메……?"

재회해서, 당시에는 생각할 수 없었던 모습이 된 소꿉친구. 골목대장의 모습은 어디에도 없이, 동성이지만 한숨이 나와버릴 정도의 청순가련한 용모.

그럼에도 과거와 같은 분위기로 오빠 옆에 서 있는 모습을 보면 어쩐지 치사하다는 말 이외에는 무어라 형용할 도리가 없는 기분이었다.

애절하게 그리 중얼거리는 히메코를 봤더니 토리가이 호노카도 더 이상 놀릴 기분이 들지는 않았다.

오히려 그녀 안의 연애 소녀 센서가 활발하게 반응하여 참견하고 싶다는 심정이 되고 말았다. 그것은 같은 반 여자들도 마찬가지였는지 잇따라 모여서는 히메코를 둘러쌌다.

"키리시마, 그 사람에 대해 좀 더 자세히 알려줘!"

"그 사람에 대해 잘 알 수 있는 에피소드 같은 건 없어?"

"치사하다니, 그 사람을 지금은 어떻게 생각해?!"

"그래, 제대로 자기 마음을 전하지 않으면 후회할 거야!"

"어, 그게, 아으…… 후, 회……."

츠키노세 시골에선 또래 여자한테 둘러싸인 경험이 없었던 히메코는, 일제히 모여들어서 잇따라 말을 건네자 당황해버렸다.

하지만 그중 하나, 놓칠 수 없는 단어가 있었다.

——후회.

히메코에게는 한 가지, 지독히 후회하는 일이 있었다.

'사키.'

츠키노세 시골에서 유일하다고 할 수 있는 또래 친구. 계속 함께 자란 여자아이.

갑작스러운 이사이기도 해서 직전까지 그 사실을 이야기하지 못했다.

『좀 더 빨리 말해줬으면 했어! 나, 히메랑 좀 더 하고 싶은 일도 있었고, 게다가 오빠하고도 아직…….』

그것은 이미 오열이었다. 달래는 데도 고생했다. 마지막에는 같이 엉엉 울었다.

웃으며 용서해줬고 지금도 연락하고는 있지만, 역시 물리적인 거리는 도저히 메우기가 힘든 것이었다.

어찌 된 영문인지 사키와 하야토는 계속 삐걱대고만 있었고, 그런 응어리를 남긴 채로 이사를 오게 되어버렸다.

그런 사키를 생각하자 한층 더 강한 후회가 히메노의 가슴속을 덮쳤다.

'사키, 지금도 오빠를 마음에 두고 있는 모양이니까.'

그리 생각하자 히메코는 이러고 있을 수는 없다는, 무언가 해야만 한다는 마음이 솟구쳤다. 그래서 뺨을 짝짝 때리고는 일어섰다.

"좋아, 나 힘낼게! 우선 하루랑 잔뜩 이야기를 하고 친해지겠어! 친구가 될래!"

히메코가 기합을 넣듯이 주먹을 들어 올리자 주위 여자들은 """"오오오오오~"""라며 소리를 높이고 짝짝짝 박수를 쳤다. 그런 그녀들은 어찌 된 영문인지 사냥감을 노리는 육식동물 같은 눈빛이었다.

"응응. 계획 얘기 할까, 히메코."

"언니들한테 좀 더 이것저것 얘기해볼래? 힘이 되어줄게."

"이러면 오랜만에 버블티를 마시며 회의를 진행해야겠는데."

"아니, 이제 와서 버블티 회의? 이제 파는 곳도 없지 않아?"

"아으, 아니, 그게…… 아니, 버블티?! 지금 유행하는 그거?! 말도 안 돼, 나 마셔보고 싶어!"

"""……."""

이미 철은 진즉에 지난 버블티. 농담으로 꺼냈을 뿐이었는데 히메코는 귀를 쫑긋 세우고서 달려들고 말았다.

시골은 유행이 도는 게 늦어서 매번 뒤처진다——그것을 멋지게 보여주는 히메코였다.

"그래그래, 바로 이게 키리시마지."

"좋─아, 언니가 쏜다─!"

"히메코는 언제까지나 이대로 있어 줄래?"

"어? 어라, 얘들아?"

주위의 반응에 당황하는 히메코.

교실 안 아이들의 표정은 더없이 다정하고 흐뭇했다. 그 중에는 어깨를 들썩이며 웃음을 참는 사람조차 있었다.

이렇게 히메코는 또다시, 학급의 마스코트라는 지위를 한 층 더 확립하게 되었다.

◇ ◇ ◇

주말의 휴일을 앞둔 금요일. 하야토의 스마트폰을 고르러 갈 약속 전날이자, 평일의 마지막 저녁.

이날도 날은 아침부터 무더워서 저녁이 되어도 전혀 누그러지지 않았다.

"어~으~ 다녀왔어~, 오빠, 아이스크림~."

"냉동실에 있으니까 마음대로 먹어."

"어, 히메 어서 와~."

히메가 땀범벅이 되어서 돌아오자 에어컨으로 시원한 방에서 맞이한 것은, 부엌에서 저녁을 만드는 오빠 하야토와 거실 소파에서 뒹굴거리며 만화를 읽는 하루키였다.

저녁을 같이 먹는다──그런 약속을 한 하루키는 곧바로 하야토와 히메코의 집을 방문하게 되었다. 속마음을 터놓은 사이이기에 그녀 안에서 사양한다는 선택지는 없었나 보다. 애초에 많이 쓸쓸했던 걸지도 모르고.

하지만 그런 하루키의 모습은 이래저래 심각했다. 히메코가 무심코 미간을 찡그리고 말 정도로 유유자적해 보였다.

소파 위에서 쿠션을 안고 엎드려서 뒹굴뒹굴, 치마가 들쳐 올라가는 것 따위는 전혀 신경 쓰지 않고, 양말을 벗은 다리를 흔들흔들 움직이고 있었다. 여자로서는 너무나도 지나치게 가드가 느슨한 그 모습은, 아니나 다를까 히메코의 눈에 남색의 수수하고 색기 없는 트렁크 타입 속바지를 드러내고 있었다.

"하루, 그거……."

"응? 아, 이거 말이지! 얼마 전에 애니 방영해서 유행한 다이쇼 시대가 그거인 만화! 너무 귀해서 전혀 살 수가 없었는데 간신히 손에 넣었거든. 자, 히메도 이쪽으로 와서 같이 읽자."

"아니, 그러니까 그게 아니고……."

"응……?"

어리둥절해서는 고개를 갸웃거리는 하루키. 히메코도 무심코 "윽" 하고 신음했을 정도로 사랑스러웠다.

하지만 사랑스럽고 섹시해야 할 모습임에도, 너무나도 안타깝기만 했기에 그녀는 그만 이마에 손을 댔다.

히메코는 오빠 쪽으로 시선을 향했다. 그런 것은 중요하지 않다는 듯이 채소를 서걱서걱 자르는 모습이 시야에 들어왔다.

마치 이게 자연스럽다는 느낌으로, 전혀 신경 쓰는 기색이 없었다.

좋든 나쁘든 옛날과 똑같은 관계에 어이없어하면서도 입가가 느슨해지고 말았다.

"히메, 자, 자!"

"……정말이지!"

몸을 일으킨 하루키는 만화를 한 손에 들고서 눈을 반짝거리며, 소파 옆을 손으로 팡팡 두드렸다. 아무래도 같이 만화를 읽자는 의미인 듯했다.

히메코는 크게 한숨을 내쉬면서도 하루키와 함께 만화를 읽기로 했다.

장르는 배틀 액션이 있는 소년만화였지만 여기 소녀 둘에게도 무척 마음에 꽂혔는지 몰두해버렸다.

"하루, 다음은, 2권은 어디 있어?!"

"자, 여기. 잘 오셨습니다, 늪으로!"

"뭐 하는 거야, 쟤네들……."

결국 두 사람은 저녁이 완성될 때까지 말없이 만화를 탐독하게 됐다.

"잘 먹겠습니다~."

"으, 오빠, 이거……."

"토마토, 남기지 말고 먹어."

오늘 저녁은 냉 샤부 샐러드 우동이었다.

가는 면을 찬물에 잘 씻어서 탄력 있는 우동에 경수채, 새싹채소, 대파, 오이와 무순, 토마토를 얹고 채 썬 돼지고기를 삶은 다음에 식혀서 더한 것이었다.

거기에 감귤 소스나 참깨 소스, 그 밖의 드레싱을 취향에 따라 뿌린다.

오늘은 더워서 다들 식욕은 그다지 없었지만 산뜻한 이 우동은 간단히 비웠다.

참고로 히메코는 거북한 생토마토가 나오자 인상을 찌푸렸지만 하야토의 묘한 압력을 받으며 억지로 삼켰다.

식사를 마치고 차로 한숨 돌릴 때, 문득 무언가를 깨달았다는 듯 히메코가 목소리를 높였다.

"아, 그렇지. 오빠, 내일 토요일 말이지, 하루 빌려도 돼?"

"어, 나를?"

"뭐, 스마트폰은 일요일에 보러 가면 되니까."

히메코는 하야토가 마침내 하루키와 함께 스마트폰을 고르러 간다는 사실을 알고 있었다.

그리고, 하루키의 사복 센스가 궤멸적이라는 사실도 알고 있었다. 알고 말았다. 그것은 그 나이대의 여자로서 도저히 간과할 수 없는 일이었다.

"그래그래. 데이트하자, 하루. 친구 데이트."

"데, 데, 데, 데, 데, 데이트으?! 나랑?! 나, 데이트 같은 거 해본 적 없는데?!"

하루키는 데이트라는 단어에 반응해서 갑자기 얼굴을 새빨갛게 물들이며 허둥댔다. 그런 일에 내성이 없는지 풋풋한 반응이었다. 히메코는 놀리고 싶은 기분을 꾹 참으며 말을 이었다.

"그런 거창한 거 아니야. 하루도 이제까지 오빠랑 잔뜩 데이트했잖아. 야산 데이트에 강으로 뛰어들어 흠뻑 젖는 데이트, 여섯 시간 내내 매미잡기 데이트 같은 것도 있었던가?"

"아, 그러고 보니."

"정말이지, 멋이라고는 전혀 없는 데이트네."

아아, 그렇구나, 라면서 손뼉을 치는 하루키. 당시의 일을 떠올리고서 끅끅, 목구멍 안쪽으로 웃음을 눌러 참는 하야토.

"그러니까 나랑 히메, 둘이서 놀러 간다는 거지?"

"응, 그래그래."

"어— 그럼, 뭐 하고 놀지? 그보다도 하야토는 괜찮아? 따돌림당하는 건데? 나로선 셋이서—."

"옷."

"셋이서—."

"하루의 옷을 사러 갑니다."

"—히메, 님……?"

히메코의 눈은 웃고 있지 않았다. 사명감조차 띠고 있었다. 그리고 놓치지 않겠다는 듯이, 사냥감을 발견한 사냥꾼의 미소를 짓고 있었다.

하루키는 등줄기에 오싹하니 서늘한 것을 느끼고 미소가 굳어졌다.

"하, 하야토!"

"나, 나는 설거지 좀 해야겠네."

"배신자—!"

필사적으로 도움을 청했지만 하야토는 말려들지 않겠다는 듯이 부엌으로 도망쳤다. 그의 뒷모습은 마치 남자가 있으면 방해되겠지, 라고 웅변하는 것만 같았다.

하루키는 그런 여자다운 일이 거북했다.

굳이 엮이려 하지 않았다고도 할 수 있다.

"나 있잖아, 하루랑 같이 옷을 고른다든지, 좀 더 이야기를 나눈다든지, 옛날보다 더 친해지고 싶거든."

그것은 히메코의 마음에서 우러나오는 말이었다.

그렇기에 하루키도 히메코가 진지한 눈빛으로 호소하자 마음이 얽매이고 말았다.

하루키는 패배를 인정하듯 커다란 한숨을 쉬었다.

"알았어. 그럼 내일, 데이트할까."

"하루!"

더없이 감격한 히메코가 미소를 띠고 절실하게 손을 꽉 붙잡았다. 하루키는 연하의 소꿉친구가 자신을 따른다는 것을 실감하고 마음이 따듯해졌다.

히메코는 억지로 하루키를 일으키며 끌어당겼다. 표정은 상쾌할 정도의 미소였다.

"저기, 히메?"

"내 옷 빌려줄 테니까, 내일 입고 갈 걸 고르러 가자고?"

"어? 어? 어?"

설마 그 촌스러운 사복으로 나가지는 않겠지? 히메코는

그런 이의를 허락지 않는 압력으로, 하루키를 자기 방으로 끌고 갔다. 그리고 시작되는 강제 패션쇼.

"음—, 뭔가 아니야. 그럼 다음은 이거."

"므야아아아아아아아~~~~~~, 아직 더 하는 거야?!"

그날 키리시마가에서는 밤늦게까지 하루키의 서글픈 비명이 울려 퍼졌다.

채소 꽃다발

토요일 아침 식사 후.

하야토는 거실에서 히메코의 패션 체크에 어울려주고 있었다.

"이거 어때? 좀 너무 어린애 같지 않나?"

소파 앞에서 히메코는 빙글 돌며 원피스 옷자락을 휘날렸다. 민소매에 꽃무늬로 무척 여성스러움을 강조하는 귀여운 디자인이었다. 히메코는 어딘가 납득이 안 가는지 음음, 신음했다.

"어— 응, 괜찮지 않아?"

"정말이지, 오빠! 진지하게 대답해!"

"어쩌라는 건지……."

참고로 히메코가 하야토에게 의견을 청하는 것은 이걸로 세 번째였다.

이것보다 하나 앞에는 가슴께가 시원하게 트인 니트에 중간 길이의 망사 스커트로 조금 어른스러운 복장. 그 앞에는 얼마 전 야간의 편의점에 입고 간 나이에 어울리는 복장이었다.

'뭐든 잘 어울리니까 뭘 입든 괜찮은데.'

히메코는 상당한 숫자의 옷을 가지고 있고, 상황에 따른

기준이 있는 듯했다.

하지만 하야토로서는 그런 동생의 기준 따위는 알 수 없으니 의견을 청해도 곤란하다는 것이 솔직한 심정이었다. 그런 생각이 얼굴에도 드러나서 더더욱 히메코를 뾰로통하게 만드는 원인이 되어버렸다.

히메코는 불만스러운 표정 그대로 하야토에게 따지고 들려 했으나, 마침 문득 시곗바늘이 시야에 들어와서 허둥대기 시작했다.

"아, 벌써 시간이! 으음, 어쩔 수 없네, 이걸로 괜찮겠지. 하루는 일단 나보다 연상이니까."

"어, 벌써 나가게? 아직 아홉 시도 안 됐다고?"

"후후, 그야 하루네 집에 들러서 옷을 입혀보는 데도 시간이 걸리잖아?"

"아아……."

그럼 다녀올게, 라면서 히메코는 좋아하는 샌들을 신고 뛰어나갔다. 그 기세 그대로 하루키의 집으로 들이닥치겠지.

히메코를 보낸 하야토는 간신히 해방되었다는 듯이 크게 한숨을 내쉬고 소파에 앉아서 기지개를 켰다.

주위를 둘러보니 짐도 거의 다 풀고 정리되어 거실이 깔끔했다. 하야토의 방도 비슷했다. 히메코의 방은 아직 반 이상 남아 있지만 하야토가 정리할 수는 없을 터.

물론 그렇다고 따로 할 일이 없는 것은 아니었다.

"그럼 해볼까. 으음, 여기는 타는 쓰레기는 월요일인가——."

쓰레기 분류에, 화장실이나 거실 복도 같은 공유 공간 청소. 쌓인 빨래를 할 겸 침대 시트도 세탁했다.

일은 무척 익숙한 솜씨로 낭비 없이 척척 진행됐다.

아무리 그래도 히메코의 속옷을 널 때만큼은 미간에 주름을 지었다. 딱히 불만이 있는 것은 아니었다. 아무리 여동생이라고는 해도 이성의 속옷을 건드리는 것에 살짝 저항감이 있었던 것이다.

그러는 사이에 집안일도 마무리되었다. 츠키노세의 집과 비교하면 작으니까 예상보다도 금방 끝났다.

시각은 열한 시 조금 전.

점심을 먹기에는 아직 이르고, 게다가 1인분은 만들 의욕도 생기지 않았다. 일단은 뭔가 없을지 냉장고를 들여다봤지만 멋들어지게 텅텅. 여하튼 밖에 나갈 필요가 있었다.

"……가볼까."

하야토는 망설인 뒤, 스스로를 타이르듯이 중얼거리고는 거실 선반에서 어떤 봉투를 꺼냈다. 그리고 노트북 컴퓨터를 켜고 그곳에 적혀 있는 주소의 장소를 확인했다.

그의 얼굴은 어쩐지 묘한 표정이었다.

아파트를 나선 하야토는 가장 가까운 역으로 향했다. 특별히 설명할 것도 없는 지극히 평범한 역사였다.

거기서 하야토는 "정말로 10분 정도면 역까지 오는구나"라든지 "전철이 한 시간에 열 대가 있다니"라고 놀라며, 두

역 만큼의 시간을 전철로 이동하게 되었다. 거기서 또 "어, 한 역 사이가 이렇게 짧다고?!"라고 놀란 다음, 그곳에서도 확인할 수 있는 새하얗고 큰 건물로 나아갔다.

교외라고도 할 수 있는 곳에 있는 그 건물은 무척 넓은 주차장과 휴식 공간 같은 광장에 잔디밭과 화단이 꾸며져 있었다. 녹음이 풍부한데도 불구하고 어쩐지 무기질적인 인상을 주었다.

폭이 무척 넓은 로비에서 접수를 마친 뒤, 6층에 있는 어느 방으로 향했다.

617——그렇게 적혀 있는 곳이 어머니가 입원해 있는 병실이었다.

"어머, 하야토."

"어머니."

3평 원룸 느낌의 병실에는 살짝 여위어서 선이 가늘어진 어머니가, 과도로 배를 깎고 있는 참이었다.

"먹을래? 재활 겸 깎고 있었더니 너무 많아져서."

"어, 응……. 아니, 양이 많은데?!"

"앗핫핫, 세 개나 깎았으니까!"

"전부 먹을 수 있나, 이거? 뭐 하는 거야."

"괜찮아, 남으면 오늘 밤에라도 네 아버지한테 먹일 테니까."

"아버지……."

하야토는 기운차게 깔깔 웃는 어머니한테서, 쓸데없이 공들여 나뭇잎이나 토끼 모양으로 깎인 배를 받아 입으로 옮겼다. 사각사각한 식감과 새콤달콤한 향기가 입 안으로 퍼졌다.

어머니는 맛있게 먹는 하야토의 모습을 보며 눈으로 호를 그리고, 그 시선을 알아차린 하야토는 어쩐지 수줍어져서 고개를 돌린 뒤――신경 쓰이던 것을 물었다.

"어― 그게, 괜찮은…… 것 같아?"

"그야 수술도 성공했으니까. 손가락이 조금 저리기는 하지만 조만간에 재활 병동으로 옮기게 될 테고…… 그보다 히메코는? 울지는 않니?"

"잘 지내. 오늘도 하루――친구랑 놀러 갔어."

"그런가―."

그 이야기를 듣고 어머니는 명백하게 안도한 표정으로 바뀌어 한숨을 흘렸다. 하야토도 건강해 보이는 어머니의 모습을 보고 안도의 한숨을 흘렸다.

"그럼 나는 이만 돌아갈게."

"어머, 천천히 있다가 가지."

"괜찮아."

결국에 배 세 개를 깔끔하게 비운 하야토는, 아쉬워하는 어머니를 두고 총총히 방을 나갔다.

한시라도 빨리 이곳을 나가고 싶다――그런 마음이 있었다.

어머니가 쓰러진 것은, 히메코의 눈앞에서 쓰러진 것은 **두 번째**였다.

아버지한테 괜찮다고 듣기는 했지만 실제로 봤더니 생각하던 것 이상으로 상태도 괜찮은 것 같아서 안심하기도 했다.

하야토는 병원이라는 장소가 거북했다.

일상과는 동떨어진 장소, 이상 사태가 구현화된 스페이스.

깨끗함을 연출하는 희고 청결한 공간에는 소독약 냄새가 배었고, 도처에 잘라서 장식한 색색의 꽃은 효수된 목 같으면서도 화사했다.

어쩐지 뒤틀림을 느끼게 만드는 장소——그것이 하야토가 느끼는 병원이었다.

"아."

"어?"

그렇기에 **그것**을 봤을 때, 너무나도 놀랐다.

그것을 든 것은 양과 닮은 곱슬머리의 자그마한 소녀. 학교의 화단에서 채소를 기르는, 조금 색다른 여자아이.

"미, 미타케?"

"키리시마……?"

그것은 어쩐지 익숙한 흰색, 노란색, 보라색의 화사한 꽃다발——채소의 꽃으로 만든 꽃다발이었다.

둥글둥글 꽃들을 컴팩트하게 꽉 채워 넣어서 꽃다발이라기보단 부케라는 표현이 더 와 닿는다.

주키니의 수꽃을 중심으로, 화관을 짜는 요령으로 짠 가지나 토마토 등의 작은 흰색과 노란색, 보라색 꽃들이 주위를 꾸몄다.

꽃을 잘 모르는 하야토에게도 그것이 굉장히 공들인 것임은 알 수 있었다. 그리고 무엇보다——.

"귀엽네."

"……예?!"

"꽃이 가득 모여서 화사하잖아. 하하, 채소 꽃도 이렇게 보니까 인상이 전혀 다르네."

"……저, 저기 그게, 가지치기로! 잘라낸 아이들도, 이렇게 하면 좋을 것 같아서!"

"그런가, 미타케는 굉장하네."

"웃!"

하야토는 솔직하게 감탄했다.

어째서 채소 꽃? 어째서 미타케가 여기에? 이래저래 생각하는 바도 있었다.

하지만 하야토에게는 그런 것들이 날아가 버릴 만큼, 채소 꽃 부케가 싱싱하게 보였던 것이다. 그것을 만들어낸 미타케 미나모까지 칭찬하는 눈빛으로 빤히 보고 말았다.

"아으으……."

미타케 미나모는 곤혹스러워했다.

안 그래도 "귀엽다" 같은 말을 기습적으로 들은 데다 이성이 그런 눈빛으로 바라보자 머리가 새하얘지는 바람에, 눈물을 글썽이며 "아으아으"라고 울기만 하는 생물이 되어 버렸다.

'응——, ……역시 닮았네.'

하야토에게는 그것이 역시 츠키노세에 있는 겐 영감의 놀랄 정도로 메에메에 우는 것밖에 못하는 양과 닮았다고 느껴져서 목 안쪽으로 끅끅 웃음을 눌러 참았다.

자신이 웃음거리가 되었다고 생각해버린 미타케 미나모는 더더욱 얼굴을 새빨갛게 물들이고, 수줍어서 몸을 꼼지락거렸으며——그리고 하야토를 향해 기세 좋게 무언가가 날아왔다.

"우왁!"

"꺄악!"

탁, 받아냈더니 콜라 페트병이었다.

영문을 알 수가 없었다.

대체 누가 던졌는가 싶어서 주위를 둘러보니 머리가 삶은 문어처럼 새빨개진 환자복 노인이, 오버스로 폼 그대로 부들부들 어깨를 떨고 있었다.

"네, 네네, 네, 네놈, 이 자식—! 우리 미나모한테 무슨 짓이냐—!"

"할아버지!"

"어⋯⋯ 어어?!"

미타케 미나모의 손에 있는 채소 꽃 부케에 환자복 차림의 노인.

그걸 교대로 바라본 하야토는 어찌 된 상황인지를 파악했다.

"이 자식, 거기 서라. 미나모를 울리다니⋯⋯ 대체 무슨 짓을 한 게냐?! 설마⋯⋯ 대답해라, 경우에 따라서는 용서치 않겠다!"

"아니, 저는 그게, 잠깐……."

"기다려, 그런 거 아니야 할아버지!"

무엇을 착각했는지 노인은 보행 보조에 쓰는 심플한 지팡이를 휘둘렀다.

역시 얼굴이 손녀와 마찬가지로 새빨갛게 물들어 있었다. 너무 놀란 나머지 오히려 냉정해져 있던 하야토는 '아, 가족인가?'라고 생각했다.

하지만 그 기백과 날카로운 눈빛은 하야토가 사냥 동호회의 숙련된 사냥꾼보다도 위험하다고 느끼게 만들 정도. 실제로 지팡이를 휘두르는 솜씨는 노인으로 여겨지지 않을 만큼 격렬했고, 하야토는 멈칫하고 말았다.

"잘도 우리 손녀를——!"

"아야, 아얏—!"

"하, 할아버지—!"

이 오해를 푸는 데는 상당한 노력이 들게 되었다.

몇 분 뒤, 근처의 커다란 병실.

그곳에서 하야토를 향해 미타케 미나모의 할아버지가 머리를 숙이고 있었다.

"젊은이, 미안하네. 좋아, 이제 됐나?"

"아, 예……."

"미타케. 그렇게 대충 넘기면 미나모한테 혼난다고?"

"그래, 미타케 영감. 미나모가 말도 안 해주게 되어도 모른다고?"

"큭…… 그래, 내가 잘못했어! 그러니까 용서해주게나, 젊은이."

"아, 예……."

하지만 그 모습은 마지못해서, 병실의 다른 동료들도 이러니 어쩔 수 없이 한다는 분위기였다. 아직 납득이 안 된다는 기분이 여실하게 전해졌다.

"됐어, 됐어, 미타케. 그런데 소년, 자네가 최근에 미나모한테 채소에 대해서 가르쳐준 **선생님**인가?"

"서, 선생님?"

"덕분에 미나모가, 요새는 행복하게 웃게 됐거든, 고마워."

"저 영감도 속으로는 그 **선생님**한테 감사하고 있으니까."

"……흥."

"아, 예……."

미타케 미나모의 할아버지는 몹시 날카롭고 적의도 훤히 드러나는 눈빛으로 하야토를 보고 있었다. 친해지기는 힘든 상대 같다. 하지만 주위에서 놀림도 당하는 걸 봤을 땐, 손녀만 엮여 있지 않다면 괜찮은 느낌인 걸까.

미타케 미나모도 주위로부터 무척 귀여움을 받는다는 생각이 들었다. 그만큼 자주 드나드는 것이리라.

"그래서 젊은이, 전학생이라던데…… 왜냐?"

"예?"

"왜, 우리 미나모한테 말을 걸었지?"

"그건…….."

"미나모가 귀엽다는 건 알아. 날개 없는 천사라고 해도 되겠지. 말을 걸고 싶어지는 기분도 모를 건 아니야. 꼬시는 건가? 가지고 노는 건가? 혹시 그렇다면──."

"아, 아니에요!"

심상치 않은 기백이었다.

심지어 잠깐의 틈도 두지 않고 눈앞까지 지팡이를 내지르는 통에, 하야토의 목 안쪽에서 이상한 목소리가 나왔다.

잘못 대답했다간 죽겠다──. 농담으로 웃어넘기기는 어렵다는 느낌에, 참지 못하고 그대로 생각하던 것을 입에 담았다.

"저, 전에 살던 곳에 있던, 이웃집 애랑 닮았어요! 자주 신세를 진 애라서, 당황해서 허둥대는 모습이 똑같아서, 내버려 둘 수가 없어서!"

"호오, 미나모가? 상대는 어떤 아이지?"

"곱슬머리가 비슷한, 여덟 살 여자애예요."

"그래서 말을 걸었다고?"

"아, 예!"

미타케 미나모의 할아버지는 조금 석연치 않다는 표정을 띠었지만, 병실의 다른 사람들은 "알지" "덜렁대는 구석이 있으니" "사탕을 주고 싶어지거든" 같은 긍정적인 말을 중얼거렸다.

하야토는 "아, 아하하……"라며 얼버무리듯이 애써 소리를 높였다. 여덟 살 여자애라고 해도 상대는 사람이 아니라 양이니까 이미 노년이었다.

그러는 사이에, 꽃병의 물을 갈려고 나갔던 미타케 미나모가 돌아왔다.

"할아버지, 꽃은 어디에…… 아니, 할아버지! 키리시마한테 뭐 하는 거야!"

"미, 미나모, 이건 말이다……."

"할아버지! 키리시마한테 이상한 짓 하지 마! 정말이지, 가요!"

"미, 미나모—!"

"아—아, 미타케 영감이 나잇값도 못하고 질투를 하니까 그렇지."

"미나모 또 오렴—."

미타케 미나모는 돌아오자마자 하야토에게 지팡이를 들이댄 할아버지를 보고는 놀라서, 곧바로 억지로 하야토의 손을 붙잡고 병실을 나왔다. 손을 꾹꾹 잡아당기는 모습은 평소의 그녀에게서는 상상할 수도 없을 만큼 힘찼고, 그녀는 귀나 목덜미까지 수치심으로 붉게 물들어 있었다.

가족의 창피한 모습을 보여서 부끄러운 심정은 모를 것도 아니었기에 하야토는 그대로 끌려갔다.

하지만 역시나 1층 로비까지 다다르자, 여자한테 손을 붙잡혀서 끌려간다는 구도가 부끄러워졌다.

"미타케, 저기, 손을……."

"어…… 아! 미, 미안해요!"

"어, 아니."

생각해보면 여동생, 그리고 소꿉친구를 제외하면 처음으로 잡은 이성의 손이었다. 그 사실을 의식하자 급격하게 하야토의 얼굴이 뜨거워졌다.

그래서 얼버무리듯이 그 말을 꺼냈다.

"뭐, 손녀를 사랑하는, 기운 좋은 할아버지네."

"……아. 그러게, 요……."

별생각 없이 입에 담은 말이었다. 그리고 실제로 하야토가 본 것은 건강한 모습이었다.

하지만 이곳은 병원이고, 그녀의 할아버지는 입원 환자인 것이다.

저질렀다. 깨달았을 때에는 이미 늦었다.

그때까지 수치심으로만 물들어 있던 미타케 미나모의 얼굴에 그림자가 드리우고, 당장에라도 울 것 같은 표정이 드러났다.

하지만 그것도 한순간. 미타케는 다시 평소의 수줍은 미소를 띠었다. 그것이 하야토의 가슴을 어지럽혔다. 자신의 어리석음과 세심하지 못한 행동을 저주했다.

"……미안해."

"아뇨, 그게, 키리시마가 사과할 일이……. 저야말로, 저

179

희 할아버지가……."

"어— 응, 그건…… 그러게, 말이야. 하핫."

"네."

서로 머리를 숙이며 사죄했다. 그리고 함께 쓴웃음.

정말로 조금 전의 어두운 얼굴은 한순간이었으리라. 마주 보는 모양새가 된 그녀의 얼굴에서는 어쩐지 굳은 심지가 느껴지는 구석이 있었다.

그렇기에 더더욱, 조금 전의 어두운 얼굴이 신경 쓰였다.

'미타케의 그 얼굴은…….'

닮았다. 그리 생각하고 말았다.

그날. 어머니가 쓰러진 어릴 적의 그날.

홀로 아무것도 못 하고, 계속 곁에 꼼짝 않고 서서는 말을 잃은 꼴이 되었던 히메코의, 길을 잃은 아이 같은 얼굴.

그래서 하야토는 내버려 둘 수가 없다고 생각해버렸다.

"그럼 키리시마, 여기서 이만."

"……아, 저기, 미타케!"

"네?"

"저기, 그게…… 화단! 또 화단, 가도 될까……?"

"후에?"

그것은 미타케 미나모에게 예상 밖의 말이었으리라.

커다란 눈을 끔벅거리기를 잠시, 이윽고 이해의 빛이 퍼지는가 싶더니 그녀가 활짝 웃었다.

"예!"

"응, 잘 부탁해."

그런 미타케 미나모의 미소에 하야토는 애매한 미소로 답했다.

분명 이 제안은 어딘가 제멋대로인 구석이 있다. 스스로도 그렇게 느꼈다.

그럼 또 봐, 하고 인사를 나눈 뒤 종종걸음으로 병원을 나섰다.

밖으로 나온 순간, 강한 바람이 쏴아— 불었다.

그것이 소독약의 냄새를 씻어냈다.

초여름의 하늘에는 뭉게구름이 떠오르고 있었다.

히메코의 친구

히메코가 귀가한 것은 저녁 일곱 시 전, 해도 지려고 하는 무렵이었다.

"다녀왔어~."

"어서 와. 어라, 하루키는?"

"오늘은 이미 지쳐서 먹으러 올 기력이 없으니까 적당히 때우겠대."

"다른 사람도 아니고 하루키가 기력이 다하다니…… 대체 뭘 한 거야…….."

"평범한 쇼핑?"

하야토는 수상쩍다는 눈빛으로 히메코를 쳐다봤지만 그녀의 얼굴은 어쩐지 반들반들해서 만족스러운 표정이었다.

그런 히메코가 코를 킁킁 움직이며 오늘 저녁을 확인했다.

"카레?"

"응, 내일 밤에 먹을 것도 생각해서."

"음―, 다 되면 알려줘."

"예예."

자기 방으로 돌아간 히메코는 가방을 대충 던져놓더니 침대로 털썩 쓰러졌다.

그러고는 베개를 끌어안고서 뒹굴뒹굴. 히메코의 얼굴은

싱글싱글, 여운에 잠기듯이 오늘 일을 다시 떠올리고 있었다.

처음으로 놀러 간 거리는 히메코에게는 참으로 충격적인 장소였다.

시골인 츠키노세와 달리 무척 많은 전철 차량에, 길을 잃을 것만 같은 복잡한 역사.

주위를 둘러보면 시야에 날아드는, 트럭이 아닌 각양각색의 차.

그리고 옆이 아니라 세로로 뻗은 건물들.

그야말로 꿈에 그리던 도시 그 자체에, 히메코의 기분은 아침부터 하늘까지 올라갔다.

"후아아, 굉장해…… 대체 어디부터 둘러봐야……."

"후훗. 중앙대로 쪽부터 순서대로 가게를 따라서 올라가고, 막다른 곳에 있는 백화점을 본 뒤 바깥쪽으로 돌면 낭비하는 시간 없이 효율 좋게 갈 수 있어!"

"하루, 어제까지 떨떠름하던 것치고는 굉장한 의욕인데?"

"그야 뭐, 한번 결심을 했으면 철저하게 해야지! 그러는 편이, 하야토를 놀래킬 수 있잖아?"

"응, 그러네."

그런 히메코보다 더더욱 기분이 끝도 없이 들뜬 것이 하루키였다.

짓궂게 싱긋 미소를 띤 얼굴은 상쾌한 디자인의 겉옷에 숏팬츠라는, 어쩐지 청초함도 느껴지는 의상까지 어우러져서 그 차이에 두근거리게 만들었다.

참고로 히메코가 프로듀스했으며, 조금 더 말하자면 겉옷은 그녀의 옷이었다. 그런 하루키를 보고 생각했다.

'오빠를 위해서 전력, 인가…….'

──최선을 다해 여자애 같은 느낌의 의상으로, 오빠를 두근두근하게 만들면 엄청 재밌지 않겠어?

어제 히메코가 하루키의 집에서 넌지시 건넨 말이었다.

먼저 부추긴 것은 히메코다. 하야토를 놀리자는 목적이니 이런 반응도 당연하다.

하지만 그런 하루키의 모습에 히메코는 살짝 질투 같은 감정이 올라오는 것을 느끼고──그것을 얼버무리듯이 손뼉을 짝짝 쳤다.

"오! 기합 들어갔구나, 히메!"

"좋아, 철저하게 돌아볼 거라고─!"

"오오─!"

이리하여 잔뜩 신이 난 두 소녀는 다양한 가게를 돌아보고 음미했다. 이따금 하루키가 게임숍이나 노란색 잠수함 가게*, 뽑기 코너에 빠져든 것은 애교.

도중에 인터넷에서 평가가 좋은 과일 카페에서 자기 얼굴만큼 큰 점보 과일 파르페를 각자 깔끔하게 비우고는 수다도 잔뜩 떨었다.

하루키와 히메코는 순서대로 가게를 돌았지만 유일한 오

* 옐로 서브마린. 일본의 체인점으로 완구나 카드, 보드게임 등을 취급한다.

산은, 가게 이곳저곳의 물건을 조합해보고 싶어져서 몇 번이나 왕복한 것이었다.

덕분에 예정보다도 대폭 시간이 걸렸고, 특히 잔뜩 기세를 올렸던 하루키는 돌아오는 전철에서는 배터리가 떨어지는 바람에 히메코의 어깨에 머리를 기대는 꼴이었다.

그런 무방비한 모습을 드러내는 하루키를 보고 히메코는 어쩐지 표정이 풀어지는 기분이었다.

'오늘은 즐거웠지…… 어?'

그런 오늘 하루의 여운에 잠겨 있다가 스마트폰 알림음에 현실로 돌아왔다. 화면을 봤더니 츠키노세의 친구, 사키의 메시지였다.

『오늘 뭐 했어~? 나는 너무 한가해서 있지, 세계 각국의 전철 풍경 동영상만 계속 봤다니까~.』

『우와, 우리 중3이라고? 수험공부하자.』

『이상하지~, 공부하려고 책상에 앉았더니 그렇게 됐거든~.』

『뭐, 오늘은 나도 하루 종일 쇼핑했지만.』

『그렇구나~, 뭐 샀어~?』

『샀다기보단 골랐다고 해야 되나……. 그래그래, 옛날에 오빠랑 자주 같이 있던 하루 기억해?』

『어, 응……. 그러니까 오빠가 말하기를, 원숭이에서 고릴라로 파워 업했다는 사람 말이지~?』

『그래그래. 그 하루의 옷을 보러 갔어……. 잠깐만 기다려.』

그러면서 히메코는 오늘 촬영한 사진들 중에 특히 마음에 드는 것을 골라 메시지에 첨부했다.

　스탠더드한 캐주얼 계열, 약간 누님 느낌의 여성복 계열, 그리고 자못 이성에게 어필할 것 같은 소녀답고 스위티한 걸리 계열――어느 것이든 하루키와 히메코에게 어울려서 매력을 이끌어 냈다.

　히메코 스스로 봐도 무척 잘 찍었다는 생각도 있고, 또 재회한 소꿉친구의 확 바뀐 미소녀 모습을 사키에게 보여줘서 놀라게 만들어주고 싶다는 기분도 있었다.

　그것은 히메코에게 자그마한 서프라이즈이자, 그저 이야깃거리였다.

　"웃?!"

　그렇기에 거의 사진을 보내자마자 전화가 온 것은 완전히 예상 밖이었다.

　"저기, 사키――."

　『누굴까~, 이 여자?』

　"으음, 사키?! 누구기는, 하루라니까?!"

　『그렇구나~………… 상당한 미소녀네~.』

　"으, 응, 미소녀지?"

　그것은 히메코가 아는, 평소의 어쩐지 유약하고 느긋한 그녀에게서는 상상도 할 수 없는 서늘한 목소리였다. 묘한 박력이 있었다. 거슬러서는 안 된다――본능적으로 그것을 헤아린 히메코는 무심코 등줄기를 쫙 펴고서 침대 위에 정좌를 해버렸다.

『히메, 나한테 거짓말한 걸까~? 고릴라라고 들었는데~.』

"어, 응, 그것도 맞는데? 내용물은 완전히 옛날 그 무렵 그대로고, 오빠가 눈앞에 있어도 이래저래 가드가 느슨하고 거친 고릴라라고, 응."

『예, 옛날 그대로~?!』

"사, 사키?!"

히메코는 더없이 곤혹스러웠다.

평소 온화한 사키가 이렇게까지 평정을 잃은 듯한 목소리를 내는 건 처음이었고, 그 원인도 모르겠으니까.

수화기에서는 『진학할 학교는~』 『역시 여름방학에 그쪽으로~』 『남고딩 따윈 다 짐승이니까……』 같이 눈물 섞인 목소리가 들려서 그저 허둥지둥할 뿐이었다.

"야— 히메코—, 저녁 다 됐어—!"

그래서 그런 하야토의 목소리는 그야말로 하늘의 구원이었다.

"미, 미안해, 사키. 저녁 다 됐다니까 이만 갈게!"

『아~, 히메~?!』

"오빠, 지금 갈게—!"

히메코는 마음속으로 사과하면서도 마침 잘 됐다며 방을 나갔다.

……마지막까지 원인을 알 수가 없어 고개를 갸웃거리면서.

어쨌든 약속했잖아?

일요일 아침. 하야토와 하루키가 스마트폰을 고르러 가는 날.

키리시마가 거실 텔레비전을 이른 아침부터 점거하고 있던 히메코는, 도심부로 외출할 예정인 오빠의 모습을 보고 의아한 표정을 띠었다.

"오빠, 아무리 그래도 밀짚모자는 아니야—."

"어, 그래? 열사병 같은 건……."

"빌딩 덕분에 그림자도 잔뜩 있고, 시원하게 쉴 수 있는 가게도 넘치거든……. 주위에 아무것도 없는 츠키노세랑은 다르다니까?"

"그, 그런가……."

무늬 없는 셔츠에 면바지. 여기까지는 괜찮다. 좋든 나쁘든 무난한 복장이다.

하지만 거기에 밀짚모자라니, 아무리 그래도 무슨 밭일을 도우러 가는 것 같은 복장이 되어버리자 히메코도 그냥 넘어갈 수 없었다. 자기 오빠지만 참 골치 아프다.

"그러고 보니 왜 거기서 만나는 거지? 집도 가까우니까 같이 가면 될 텐데."

"허어?!"

그리고 이어지는 하야토의 말에 "아, 이 녀석 아무것도 몰라!"라는 확신이 생겨, 그녀는 무심코 녹화를 정지한 뒤 하야토와 마주 섰다. 그 박력에 하야토도 당황했다.

"알겠나요, 오빠? 어제 나는, 하루랑 같이 옷을 사러 갔어요."

"어, 응, 그랬지."

"그러니까, 처음으로 오빠한테 그 모습을 보여주려는 거예요. 그렇다면 제대로 선보일 자리를 갖추어야만 하죠. 집 앞에서 만나는 건 안 됩니다. 알겠어─?"

"으─음, 그런 건가?"

"그런 거야."

아직 어쩐지 썩 와닿지가 않는다는 표정인 하야토를 보고 히메코는 크게 한숨을 내쉬었다.

'오빠한테 여자의 마음을 이해하라는 게 무리한 요구인가……. 게다가, 하루도 하루니까.'

히메코는 그런 오빠와 소꿉친구를 생각하고──다시 한 번 어이없다는 듯 한숨을 내쉬고는 텔레비전 쪽으로 몸을 돌렸다.

"아, 오빠. 테이블 위에 서류, 까먹지 말고."

"이건…… 보호자 동의서랑 아버지 계좌인가."

"그래그래, 다운로드해둔 거에 날인도 했으니까. 나랑 같은 통신사로 괜찮지?"

"통신사?"

"통신회사. 정말이지, 그런 것도 몰라?"

"미안. 번거롭게 했………… 뭐야?!"

"악!"

갑자기 하야토의 입에서 이상한 목소리가 새어 나왔다. 그 시선은 텔레비전에 못 박혀 있었다. 히메코도 비슷한 소리를 흘렸다.

"……."

"……."

마침 드라마는 절정을 맞이하고 있었다.

아무래도 불륜을 저지르는 남녀가 침대에서 끌어안고 있는 참에, 아내가 날붙이를 들고서 돌입하는 장면이었다.

상당히 농후한 신이었다. 하야토가 이상한 소리를 내는 것도 무리는 아니었다. 히메코 역시 어색한 기분 때문에 얼굴을 붉히고서 굳어 있었다.

"으―음, 그게, 뭐냐, 지금 유행하는 건가?"

"시, 십 년의 고독이라는 드라마인데, 같은 반 애가 재미있다고 그래서! 그게, 이 여배우가 굉장해! 사생활에서는 이혼만 두 번에다 애인도 많다든지 이래저래 소문이 끊이질 않는 사람인데, 그만큼 연기에도 실감이 나서, 그게……."

"……히메코."

"……예, 적당히 하고 수험공부도 할게요."

이번에는 히메코가 하야토의 싸늘한 시선을 받게 되었다.

약속장소는 가게가 있는 현지의 역이었다.

가장 가까운 역에서 쾌속으로 세 역, 전철을 타고 20분

남짓. 어제 히메코와 하루키가 방문한 장소와 같은, 이 지역 최대 규모를 자랑하는 역사이자 도심부였다.

"으, 동쪽 입구가 어디야……."

그곳은 여러 사유 철도 노선이 들어온, 지상과 지하로 무척 복잡하게 뒤얽힌 미로 같은 역이었다.

어제 병원에 갈 때도 하야토는 이래저래 놀랐지만, 이런 복잡함에는 놀라움을 뛰어넘어서 불안마저 느꼈다.

"아, 젠장. 시간이! 이러다가 또 하루키한테 빚이 늘겠어!"

10분은 여유를 가지고서 도착하려고 하야토는 서둘러 집을 나왔지만 생각했던 것처럼 역사 안을 이동할 수가 없어서, 마치 미아가 된 것처럼 헤매고 말았다. 그것이 하야토의 초조와도 닮은 감정을 더욱 심하게 만들었다.

한시라도 빨리 하루키가 있는 약속 장소로 가고 싶은데 변변히 그러지도 못하는 스스로에게 짜증이 났다. 그러는 한편으로 어쩌면 이 인파와 역사도 하루키와 함께라면 즐거웠을 텐데, 하는 생각도 들어서 어쩐지 아깝다는 기분마저 느꼈다.

어쨌든 빨리 하루키를 만나고 싶었다.

어떻게든 약속 장소인 새 조형 근처까지 왔을 때에는 충분히 5분은 지각해버린 상태였다.

일요일이기도 해서 많은 사람들로 북적이다 보니 정확하게 하루키를 발견하는 것도 어려워 보였다. 그때 처음으로 하야토는 스마트폰의 필요성을 느꼈다.

'큰일이네…….'

난감해하던 하야토가 나중에 하루키에게 혼날 것을 각오하고서 한 손을 들며 크게 이름을 부르려고 한──그때였다.

"여기 있었군요!"

"……어?"

갑자기 여자한테 팔을 붙잡혔나 싶더니, 그 상대가 그를 어디론가 꾹 잡아당겼다.

그녀의 뒤에서는 경박해 보이는 남자가 둘, 뒤따르고 있었다. 어딜 봐도 여자를 꼬시려는 부류였다.

"뭐야, 진짜 남자가 있었네."

"이런 지각하는 놈 말고 우리랑 가자."

그녀는 충분히 눈에 띄는 미소녀였다.

어깨끈이 특징적이고 옷자락이 프릴로 장식된, 하얗고 상쾌한 여름 드레스. 하프 업으로 땋은 흑발. 어딘가의 청초한 아가씨로도 보이는, 하야토가 이제까지 본 적이 없을 법한 미소녀였다.

이만한 여자가 혼자서 기다리고 있다면 그들처럼 말을 건네지 말라고 하는 편이 더 힘들 것이다.

"가죠."

"어, 잠깐!"

그녀는 억지로 하야토의 팔을 잡아당겨 밖으로 데려가려고 했다. 어지간히도 저 남자들한테서 도망치고 싶은지, 팔을 잡아당기는 힘은 상당히 강했고 발걸음도 컸다.

갑작스러운 일에 하야토는 아무런 반응도 못 하고 그저 끌려갔다. 완전히 혼란에 빠진 상태였다.

하야토도 사춘기 남자다.

이만한 미소녀가 팔을 끌어안고, 하물며 천이 얇기도 해서 부드러운 그것까지 느껴져 버린다면 하야토가 아니라도 당황하지 않기는 어렵다. 게다가 하야토는 이렇게까지 **이성**과 밀착한 것도 처음이었다. 달라붙은 그녀의 몸에서 어렴풋이 향기롭고 조금 달콤한 냄새가 이성을 침식해서 심장 박동이 더욱 빨라졌다.

하지만 그러는 한편으로, 이렇게 팔을 붙들려서 걸어가자 기묘한 기시감 같은 느낌을 받은 것도 사실이었다. 다시 그녀에게 시선을 옮겼더니 최근에 익숙해진 모습과 겹쳐졌다. 이따금 이쪽을 마주 보는 불만스러운 얼굴에 의문이 확신으로 바뀌었다.

"하루키, 야……?"

"…………앗!"

역에서 나와서 잠시, 그제야 간신히 멈춰서는 팔에서 떨어진 미소녀——하루키는 화난 표정을 그리며 그를 마주 봤다.

"정말이지! 하야토 늦어, 늦다고! 기껏 하야토를 놀라게 만들어 주려고 기다렸는데, 내가 헌팅이나 당해서 놀라고, 최악이야!"

"어— 그게, 미안해……. 역이 너무 넓어서 길을 잃었어."

"그러니까 말했잖아, 스마트폰은 필수품이라서 안 가지

고 있는 게 문제라고."

"……뼈에 사무치게 깨달았어."

볼을 잔뜩 부풀린 하루키는, 어쩐지 제대로 말은 못 하겠지만 평소와 달라 보였다.

얼굴의 부분 따위는 평소와 같아 보이는데도, 복장도 그렇고 평소보다 매력적으로 비쳤다.

그런 하루키에게 두근대는 바람에 정면에서는 제대로 볼 수가 없었다. 얼굴을 홱 피해버렸다. 가슴도 시끄러울 만큼 요란스러웠다.

하루키는 그런 하야토의 붉은 얼굴을 바라보고, 조금 전까지의 분노는 어디로 갔는지 짓궂게 싱긋 미소를 띠었다.

"어라어라~, 혹시 하야토, 나한테 반했어?"

"하…… 그런 거 아니야. 그, 오늘은 화장도 한 거야?"

"응, 눈치가 좋네. 처음이지만 열심히 해봤어. 어때, 이거?"

그러면서 하루키는 몸을 빙글 돌렸다.

잘 손질된 검고 긴 머리카락이 물 흐르듯 춤추고, 레이스가 장식된 짧은 치마 부분의 원피스가 둥실 올라가며 탄탄하니 하얀 허벅지가 흘끗 시야로 날아들었다. 그 순간, 단숨에 하야토의 심장 소리가 커졌다.

어쩐지 하루키에게 휘둘리기만 해서 분했다. 하야토는 이래저래 얼버무리듯이 머리를 벅벅 긁적였지만, 그런 동요를 하루키에게 감추는 것은 이미 불가능했다.

하루키는 승리를 확신하며 만족스럽게 미소를 띠고, 조금

더 놀려주겠다며 하야토의 팔을 붙잡으려──.

"그, 진짜 예쁘다……고, 생각해. 응…… 엄청 잘 어울려……."

"먀앗?!"

──하루키의 얼굴은 펑, 소리가 들릴 것처럼 순식간에 하야토 이상으로 빨갛게 끓어올랐다.

그것은 하야토가 그야말로 한계를 맞이하여 흘린 본심이었다. 하루키이기에 그것을 알 수 있었다. 알고 말았다.

무방비한 상태에서 강렬한 카운터를 맞아버린 하루키는 태어나서 처음 생겨난 감정에 쩔쩔맸다.

"이, 이이이이건 말이지, 그거야, 그거! 그거, 그러니까 그거, 그게, 하야토!"

"어, 어어, 그래, 그, 날 위해서 입어준 옷이구나."

"~~~~~~웃! 그런 거 아니……지는 않지만! 그게…… 먀아아아아앗!"

"하, 하루키?!"

"가자! 가서 얼른 스마트폰 고르자!"

하야토 이상으로 한계를 맞이한 하루키는 억지로 그의 손을 끌며 걸어갔다.

어쩐지 야무지지 못한 두 사람이지만, 그래도 걸어가는 사이에 냉정해지기는 했다.

다만 둘 다 얼굴은 여전히 붉은 상태.

옷 이야기를 다시 꺼내는 일은 없었다. 하지만 하루키는 꼭 전하고 싶은 마음이 있어서, 나직이 속삭였다.

"……고마워."

"……그래."

하늘은 구름 한 점 없이 푸르러서 오늘도 더워질 것 같았다.

목적지인 통신사 영업점은 역에서 도보로 가까운 장소에 있었다. 히메코뿐만 아니라 하루키도 같은 통신사였다.

하야토는 처음 들어가는 가게라 긴장해서, 처음으로 만지는 물건, 처음으로 듣는 단어, 요금제 등등에 크게 허둥대고 말았다. 완전히 몰려버린 상태였다.

"어— 그게, 하루키?"

"예예. 으음, 이건 말이지……."

그런 한계에 다다른 모습은 하루키마저 놀리는 것을 주저하게 만들 정도였다.

항상 좀 그런 모습을 드러내고 있다지만 그래도 역시 우등생. 하루키는 하야토의 요청에 응하여 가게 점원의 말을 편하게, 이해하기 쉽게 설명했다.

가게로 들어온 뒤로 한 시간 남짓 지나, 하야토는 완전히 하루키의 신세를 지기는 했지만 어떻게든 스마트폰을 손에 넣을 수 있었다.

"하아아아. 덕분에 살았어, 하루키. 혼자서는 무리였어."

"천만에요. 그래서 정말 내 거랑 똑같아도 괜찮아? 그거 말고도 다양하게 있었는데."

"같은 걸로 맞추는 게 좋지 않아?"

"너, 너, 하야토?!"

"사용법을 모를 때 물어볼 수 있잖아."

"어, 예. 그런 거네. 근데 그럼 히메랑 같은 거라도 괜찮은 거 아냐?"

"아. 그래도 히메는 동생이잖아. 물어보는 건 뭔가 좀 그래."

"으음, 나로서는 썩 이해가 안 되는 감각이네."

그런 말을 하며 어슬렁어슬렁 거리를 걸어갔다.

오늘의 목적은 하야토의 스마트폰 고르기였다. 그것을 마친 지금, 이제 이곳에 용건은 없었다.

──하지만 이대로 돌아가는 것은 왠지 아깝다.

그것이 하야토와 하루키의 공통되는 생각이었다.

특히 하야토에게는 처음 방문한 대도시였다.

녹음 대신에 콘크리트, 채소 무인 판매소 대신에 음료수 자판기, 츠키노세 근처에는 하나밖에 없었던 신호등과 횡단보도가 여기저기에 난립하고 있으니, 이 처음 보는 광경이 무척 즐거워서 끊임없이 두리번두리번 둘러보고 말았다. 완전히 시골뜨기의 도시 구경 그 자체였다.

하야토는 그런 주위의 풍경에 압도되어 있었지만, 문득 옆을 봤더니 어쩐지 하루키가 불편하게 걷고 있다는 것을 깨달았다. 무슨 일일까 싶어 시선을 향한 발밑에 있는 것은 굽이 높고 오늘을 위해 처음 신었으리라 여겨지는 뮬 샌들.

"어— 미안해. 너무 빨리 걸었나? 그거 어색하지 않아?"

"어, 뭘? 딱히 그렇지는 않은데?"

"근데 걷는 게 불편해 보이는데?"

"어—……."

그것을 지적하자 하루키는 곤란하다는 듯한, 수줍다는 듯한 표정을 띠었다. 틀림없이 신발이 안 맞는 것이라 생각했던 하야토는 의아해하는 표정을 띠었다.

그녀는 한순간 망설이는 모습을 보였지만, 살짝 발돋움을 해서 입을 하야토의 귓가로 가져다 대고 못 미더운 목소리로 속삭였다.

"치마 길이가 말이죠, 짧은 거예요."

"……허?"

그것은 예상 밖의 말이었다.

확인해보니 확실히 평소에 입는 교복보다 훨씬 짧았다.

교복은 무릎에 닿을까 말까, 너무 길지도 짧지도 않아서 하루키의 청초함을 이끌어 내는 절묘한 길이. 반면에 지금 하얀색 원피스인 여름 드레스는 허벅지까지 드러낸 미니스커트였다.

물론 결코 지나치게 짧은 것은 아니었다. 교복이라도 이 정도 길이인 여학생은 자주 볼 수 있고, 히메코도 이 정도 옷은 몇 벌인가 가지고 있었다.

그런 하야토에게 이해, 아니 공감을 청하듯이 하루키가 말을 이었다.

"음, 천도 얇아서 안정감이 없고, 허벅지 부근이 엄청 서늘해. 그리고 바람 같은 것 때문에 들쳐 올라갈 것 같고, 땅에 떨어진 걸 주우려면 자세를 조심해야 할 것 같거든. 보이니까."

"허어, 큰일……이네?"

하루키는 묘한 표정으로 그런 말을 했지만 하야토로서는 영 실감할 수가 없었다.

"나는 깨달았어, 미니스커트는 여자력 교정 기구라는 걸. 이제 짧은 걸 입은 애는 그냥 수행을 쌓는 걸로밖에 안 보일 거야."

"그, 그런가."

"그래. 그보다 나만 이런 기분을 느끼다니 불공평하지 않아? 하야토도 같이 입어야겠지? 내 고생을 알아줘!"

"싫어, 이상한 소리 하지 마. 애초에 어울리지도 않잖아."

"과연 그럴까―? 하야토는 히메의 오빠니까 무조건 어울릴 것 같은데. 오히려 프로듀스…… 헉! 지금 잠깐 어제 히메의 기분을 이해했어!"

"아니. 그만해, 이해하지 마, 눈이 진심이라고!"

"이히히."

그런 장난스러운 대화를 나누면서도 걷는 속도를 떨어뜨린 하야토는 무언가를 계속 찾고 있었다.

하지만 많은 가게나 광고, 간판이 끊임없이 날아들어서 빙글빙글, 눈이 돌아갈 뻔했다.

"응? 하야토, 또 어디 가고 싶은 곳 있어?"

"어어…… 근데 가게가 너무 많네."

"예이, 이럴 때야말로 스마트폰이 등장할 때거든."

"아, 그런가!"

"가게 이름이랑 거리 이름을 넣고 검색하면──."

"우와, 나왔어! 굉장해! 으음──."

천진난만하게 기뻐하는 그런 하야토를 보고 하루키는 눈으로 호를 그렸다.

역에서는 도보로 10분 정도, 거리 외곽 쪽에 그것은 있었다.

지상 5층, 지하 1층, 매장 총면적 1000평 이상. 국내 유수의 규모인 100엔숍이었다.

"크네……."

"우와, 크다고는 들었지만 이건 상상 이상이야."

"하루키도 여기 처음이야?"

"응, 나는 기본적으로 집에 혼자 틀어박혀 있었으니까."

"……좋아, 가자고!"

"잠깐, 하야토?!"

하야토는 난감한 미소를 띤 하루키를 보고, 그 이상 말하게 두지 않겠다는 듯 억지로 손을 붙잡고서 가게로 들어갔다.

부끄러움이나 긴장도 조금 있었다. 하지만 가게로 들어선 순간, 압도적이라고도 할 수 있는 진열된 다양한 물량에 넋을 잃고 말았다.

눈앞에 있는 안내판에서는 식품, 식기, 화장품, 위생용품에 목욕용품 같은 생활필수품부터 자동차, 원예, 완구, 파티용품, 인테리어에 공구 등등 취미나 DIY 용품까지 각양각색의 물건을 취급한다는 사실을 알 수 있었다.

"말도 안 돼……. 이것들 전부를 백 엔에 살 수 있다고? 대체 어떻게 된 거야?!"

"아하하. 저기 봐, 식품 쪽."

"어…… 아―, 그렇구나. 슈퍼 세일이 더 싸네."

"후후, 그런 거야."

그런 대화를 나누며 하야토는 흥미를 끄는 물건으로 빨려 들어갔다.

이만큼 상품이 진열된 곳을 보는 것은 처음이었기에 무언가를 사야만 한다는 사명감과 닮은 물욕이 스멀스멀 피어올랐다.

"큭, 식기 사고 싶어. 새로 바꾸고 싶어. 용도에 따라서 다양하게 갖추고 싶어. 아아, 이런! 전부 바꿔도 3,000엔이면…… 아니, 그래도…….'

"지금 쓰는 건 어떻게 할 건데?"

"그게 문제지―, 충분하니까 살 필요 전혀 없거든―."

"그럼, 저기 수납 코너는?"

"어, 이거 뭐야. 종류가 이렇게 많아?! 살짝 강제적으로 정리하고 싶어지는데!"

그리고 구매 의욕을 쓸데없이 자극당한 것은 하야토만이

아니었다.

"잠깐만, 하루키. 그 이끼 공이 진짜 필요해?!"

"그런 건 내가 제일 잘 알아! 이 아이가 우리 집으로 데려가 달라고 속삭이는데 어떡해!"

"냉정해져, 그걸 사서 대체 어디 쓰려고?! 이끼 테라리움이라도 만들 거야?!"

"아니, 아니야 하야토. 그저 사고 싶으니까 사는 것뿐이야!"

"정신 차려, 하루키—!"

하루키 역시 흥미를 끄는 다양한 것들로 빨려들어 지갑을 있는 힘껏 열려고 했다.

솔직히 말하면 둘 다 그저 들떠서 신나게 놀고 있는 것뿐이었다.

일찍이 시골의 산과 들에서 곤충이나 산나물을 찾아다니던 때와 마찬가지로, 각각 흥미를 가진 매장을 돌아다녔다. 에스컬레이터를 뛰어 올라가서 진열대의 숲을 탐험했다.

목적 같은 건 없이 그저 둘이 함께 논다. 그것이 무척 즐거웠다.

설령 하루키가 여자라고 해도, 조금 전에 자신을 싫을 정도로 두근두근하게 만들어버린 상대라고 해도, 하야토에게는 둘도 없는 친구──그저 그것만이 중요한 것이었다.

"……결국 너무 망설여서 아무것도 못 샀어."

"아하하, 옛날부터 하야토는 그런 구석이 있었지. 무라오 할머니 집에 막과자를 사러 가놓고 결국 정하지도 못하고."

"망설일 때는 대부분 라무네랑 아이스크림을 사서, 그게 기본이 됐던가."

"그러네, 그리워라. 그 무렵에는——."

문득 그립다는 듯, 애달픈 표정을 드러내는 하루키.

하야토는 남들 앞에서 그다지 드러나지 않는 그 감정을 눈앞에서 보고, 가슴이 꽉 죄어드는 것을 느꼈다.

"하루——."

꼬르르르륵.

"——키……."

"아, 아하하, 배고프네."

"그렇구나. 벌써 한 시간은 돌아다녔으니까 그럴 만해. 어디서 먹고 갈까?"

"아, 그러면 나, 가고 싶은 곳이 있어!"

그러면서 돌아봤을 때의 하루키는 평소와 같은 짓궂은 미소를 띠고 있었다.

하야토는 그것이 이상하리만큼 마음에 걸렸다.

도시의 하늘을 올려다보자 산이 아니라 무기질적인 빌딩이 시야로 날아들었다.

"이거 뭐야?!"

"어때, 굉장하지?"

셀러리 노래방. 하루키가 하야토를 데려간 곳은 노래방이라기에는 너무나도 그의 이미지와 동떨어진 장소였다.

남쪽 나라 리조트 느낌의 로비 장식에, 안내를 받아서 들어간 방은 쿠션이 깔려 있어 신발을 벗고 올라가는 마루방. 굳이 따지자면 파티 룸에 가까웠다.

고정관념을 뒤집는 모습에 하야토는 그저 눈을 동그랗게 뜰 뿐이었다.

참고로 하야토에게 노래방이라고 하면 츠키노세의 마을 회관에서 잔치를 하며 노인들이 이상하게 커다란 카세트 달린 마이크를 들고 즐기는 모습이었다. 아니면 버스 안에서 노래하는 것.

"배도 고프지만 조금 지쳤거든."

"야, 잠깐."

하루키는 뮬 샌들을 홱 벗어 던지고 그대로 방으로 펄쩍 다이빙, 뒹굴대며 태블릿 콘솔을 건드렸다.

마치 자기 집에서 남의 시선을 신경 쓰지 않는 것처럼 편안한 모습. 당연하지만 여자로서의 가드는 헐렁헐렁했다. 평소의 교복보다 치마 길이가 짧은 그것은 바동바동 움직이는 다리의 윗부분을 덮은 색기와는 인연이 없는 천 조각, 트렁크 타입의 속바지를 훤히 드러내고 말았다.

하루키의 외모는 청순가련한 미소녀. 분명 조금 전에는 심장이 아플 정도로 두근두근하고 말았다. 그런데도 어째서인지 하야토의 입에서는 두통 섞인 한숨밖에 나오지 않았다.

하야토는 말없이 들쳐 올라간 치맛자락을 내려줬다.

"이런, 보기 흉한 모습을…… 아니, 조금 전까지 드러내지 않으려고 애쓰던 반동이라서. 데헷."

"……나한테는 다 보인다고, 나 참."

"그건 이득이겠죠? 아, 혹시 두근두근했어?"

"……히메코를 볼 때랑 똑같은 나 자신에게 놀라기는 했네."

"으으으음~~~, 그런 무슨 소릴까? 무슨 소릴까?! 그거야, 내가 말하는 것도 그렇지만, 나, 이래 봬도 꽤 인기 있거든?"

"윽! 야!"

무언가 대항 의식이 발동된 하루키는 평소처럼 짓궂은 미소를 띠며 여름 드레스의 왼쪽 어깨끈을 풀었다. 그리고 가슴을 강조하는 듯한 **교태**를 부리며 하야토에게 몸을 들이대려고 했다.

"어때, 하야토오?"

"하루, 키……!"

저도 모르게 꿀꺽, 침을 삼켰다.

그것은 자신의 매력을 충분히 이해하고서 벌이는, 실감나는 연기였다. 조금 전까지 하야토에게 걸려 있던 친구 필터를 강제로 벗겨낼 만큼의 파괴력이 있었다.

그런 주제에 하야토를 바라보는 하루키의 눈에는 지독히

유쾌하다는 기색이 깃들어 있었다. 그것을 알고 있었기에 하야토의 얼굴에는 분하다는 심정도 배어 나왔다. 그리고 그걸 인식한 하루키는 더더욱 분위기를 타버렸다.

그런 불필요한 연쇄를 깬 것은 제삼자의 개입이었다.

"실례합니다—, 완숙 바나나 메이플 시럽 푸딩 허니 토스트 나왔습니다—."

"뻬얏!"

"엇!"

점원의 침입이었다. 대학생 정도의 젊은 여성이다.

그것을 깨달은 하야토와 하루키는 펄쩍 뛰듯이 거리를 벌리고, 어째선지 정좌를 해버렸다.

서로 얼굴은 새빨갛고 등줄기에는 식은땀. 빨리 떠나주기를 기도할 뿐.

"여기는 앞접시고…… 이걸로 괜찮으실까요?"

"아, 예엡!"

"으, 응!"

하야토와 하루키의 속마음 따위는 알 바 아니라는 미소로 자기 일을 다하는 점원. 하지만 나가기 전에 이것만은 말해야겠다는 듯 못을 박았다.

"어흠. 여긴 **그런** 장소가 아니니까, 주의 부탁드릴게요?"

"아!"

"미얏?!"

그리고 문이 쿵 닫혔다.

그녀의 시선은 하루키가 푼 왼쪽 어깨끈으로 쏠려 있었다.

둘에게는 장난의 연장선일지라도 남이 보면 도저히 변명이 불가능한 상태였다.

"어, 나, 그런, 상스러운."

"잠깐, 진정해. 아, 그래도 상스럽다는 건 부정 못 하겠네."

"미야아아아아아아아앗!!"

"잠깐, 야!"

더 이상 부끄러움을 견딜 수 없었던 하루키는 거대한 그 허니 토스트로 돌격했다.

식빵 한 덩어리 통째에, 여봐란 듯이 버터와 메이플 시럽을 뿌리는 것만으로는 성이 안 차서 완숙 바나나와 푸딩을 중심으로 색색의 아이스크림과 생크림까지 장식한 달콤함의 덩어리였다. 결코 칼로리와 뒷일을 생각해서는 안 되는, 지방과 당분의 집합체였다.

하루키는 그것을 한눈도 팔지 않고 자기 입으로 집어넣었다.

"아, 이런. 나도!"

"으으으음~~~!"

하야토도 지지 않겠다는 듯이 앞접시도 사용하지 않고 본체에 도전했다.

얼굴을 새빨갛게 물들인 소꿉친구 둘은, 부끄러운 심정을 감추려고 필사적으로 단맛을 탐했다.

그런 모습이 서로의 시야에 날아들었다.

"……크큭."

"……푸훗."

"뭐 하는 거야, 우리."

"정말이지, 바보네."

"하핫."

"아핫."

그것이 어쩐지 몹시 우스웠다.

정신이 들자 어느샌가 어릴 적처럼 얼굴을 마주하고서 웃고 있었다.

한 시간 뒤, 배도 채운 하야토와 하루키는 무어라 형용할 수 없는 분위기가 되기도 했기에 결국 노래를 한 번도 안 부르고 가게를 나와 버렸다.

하야토의 눈앞에서 "으응~!" 하고 하루키가 기지개를 켰다.

어쩐지 분위기가 리셋된 것 같아서, 기시감이 느껴졌다.

'그러고 보니 옛날에는 싸워도 다음 날에는 그걸 까맣게 잊은 듯이 놀았던가.'

그런 일이 떠오르자 변하지 않은 관계성을 새삼 인식하게 됐다. 어쩐지 우스워져서 웃음이 큭큭 새어 나왔다.

"응? 왜 그래?"

"어, 아니. 처음으로 노래방에 갔는데 아무 노래도 안 불렀구나 싶어서."

"어— 그러네. 점심만 먹었네."

"하하, 그럼 다음 기회에 하는 걸로."

"……………아. 응, 그러네, 다음이네!"

하루키는 눈을 끔벅거리고 기뻐하는 표정을 띠었다.

그리고 하야토의 얼굴을 빠~안히 바라보는가 싶더니 고개를 갸웃거렸다.

아무리 상대가 하루키라고는 해도 무례하게 빤히 쳐다보자 기분이 불편해졌다. 하야토는 미간을 찌푸리고서 그대로 마주 봤다.

"뭐야?"

"하야토는 말이지, 남자잖아?"

"뭐? 갑자기 무슨 소리야?"

"아까 일 말인데 우리는 그게…… 그게! 아니! 하야토는 하야토고 나는 나고…… 우리는 대체 뭘까 싶어서."

"……어렵네."

"응, 어려워."

둘이서 고개를 갸웃거렸다.

하루키의 말도 지당했다. 생각해보면 신기한 관계였다.

키, 체형, 손바닥 크기……. 옛날과 다르게 변해버린 것은 잔뜩 있고, 당황하는 일도 많다.

하지만 결국에 지금 같은 분위기가 되는 것처럼.

어쨌든 두 사람 사이에는 과거에 쌓아 올린 것들이 토대로 있다는 사실을 느끼고 만다.

그래서 하야토와 하루키는, **하야토**와 **하루키**이기도 했다.

"그래도 뭐, 우리는 우리잖아."

"우리는 우리, 인가."

서로 그런 말을 흘리며 곤란하다는 표정으로 함께 웃었다. 하야토는 과거와 똑같은 태도로 하루키의 손을 잡고 있었다.

그것은 완전히 무의식적인 행동이었다.

몸에 밴 습관, 그렇게 말할 수 있었다.

깜짝 놀란 하루키가 맞닿은 손으로 반응하고, 그제야 간신히 하야토는 손을 잡아버린 것을 의식했다.

어릴 적에는 어땠는지 모르겠지만, 의미도 이유도 없이 한창때인 남녀가 손을 잡는다면 그것은 특별한 의미를 지니고 만다.

"……아―."

"……응."

그것을 깨달은 하야토는 손을 놓으려고 했지만 반대로 하루키가 손을 꼭 붙잡았다. 잠깐 당황했으나 힘을 실은 손바닥에서 이대로도 괜찮다는 감정이 전해졌다.

괜찮아? 그리 확인하듯이 하루키의 옆얼굴을 봤더니 얼굴은커녕 귀와 목덜미까지 새빨개서는 고개를 끄덕였다. 그리고 그녀는 눈도 마주치지 않고 고개를 획 돌린 채, 원망하는 목소리로 툭하니 중얼거렸다.

"정말이지, 옛날부터 나는 하야토한테 휘둘리기만 하네."

"뭐? 솔직히 내가 하루키한테 휘둘린 거잖아. 물리적으로."

"아― 정말, 몰라! 봐봐, 왠지 저기 사람들이 모여 있어. 가보자!"

"야, 잠깐만!"

하루키는 하야토를 인파 쪽으로 꾹꾹 잡아당겼다.

'역시 내가 휘둘리는 거 맞지?'

하야토는 그런 생각을 하며 그 손길에 이끌려 갔다.

분명 이 상황은 옛날과 변함없는 관계를 나타내고 있다.

그리고 그와 동시에 과거에 한 번은 놓았던 것을, 끊어져 버렸던 공백을 되살리고 있다──. 그런 느낌이 들었다. 들고 있었다.

"·····················어."

"하루키?"

인산인해. 수많은 사람의 주목이 모인 그곳.

그곳에 있던 인물을 보고, 하루키의 얼굴은 아예 불쌍할 정도로 새파래져서는 얼어붙었다.

변하지 않는 것은 없다──그것은 그들이 잘 아는 사실이었다.

도시의 하늘도 시골과 똑같이 구름이 흘러간다.

하지만 인파 주위에는 익숙하지 않은 것이 몇 가지 있었다.

무척 커다란 비디오카메라. 배우의 목소리를 포착하는 집음 마이크. 그 밖에도 다양한 기기가 채워져 있으리라 여겨지는 대형 밴이 두 대.

그런 기재들이 향한 곳에서는 친밀한 모습──을 연기하

213

는 남녀가 한 쌍.

어디를 어떻게 봐도 드라마 같은 것의 촬영 현장이었다.

"어라, 십 년의 고독 촬영 아니야?"

"타쿠라 마오 장난 아냐, 젊다, 아무리 봐도 20대 후반인데."

"사생활은 꽤나 그렇다던데?"

"저 정도면 어쩔 수 없지. 다 흘리겠어."

무척 아름다운 여성이었다.

본래라면 하야토의 부모 세대에 가까운 나이인데도 그것이 느껴지지 않는 색기와 미모.

주위에서도 그녀를 향한 선망, 감탄, 경악, 질투 등 종류도 다양한 관심의 목소리가 나왔다. 물론 결코 찬사의 목소리만은 아니었지만, 그만큼 주목을 모으는 것도 납득이 가는 존재감이 있었다.

'응? 저건 분명⋯⋯.'

오늘 아침에 집을 나오기 전, 히메코가 보던 드라마에도 나온 여배우였다.

반 친구가 추천할 정도니까 유행하는 드라마이리라.

그렇구나. 확실히 다른 사람들의 반응처럼 그만한 매력이라고 납득함과 동시에, 어찌 된 영문인지 묘한 기시감을 느끼는 바람에 고개를 갸웃거렸다.

"어."

게다가 그 여배우를 본 하루키의 분위기가 심상치 않았다.

얼굴은 핏기가 가셔서 창백하고, 필사적으로 입술을 악물고 있었다.

어깨는 무언가를 참는 것처럼 떨리고, 맞잡은 하야토의 손에는 손톱이 파고들어 피가 배어나왔다.

확실히 평범한 표정은 아니었다. 뒤죽박죽이 된 감정이 붕괴되기 직전이었다. 하지만 하야토로서는 그것이 어찌 된 영문인지 알 수 없었다.

"——윽!"

"하루키!"

그리고 하루키는 더는 무리라는 것처럼 하야토의 손을 놓고 발길을 돌렸다.

고개를 숙이고 또각또각 뮬 샌들로 지면을 울리며 잔뜩 힘이 들어가서는 종종걸음. 그런 하루키를 곤란한 표정으로 쫓아가는 하야토.

옆에서 보면 화나게 만들어버린 여자친구를 필사적으로 쫓아가는 그림으로도 보일 것이다.

하지만 하야토에게는 하루키가 필사적으로 우는 것을 참는 모습으로밖에 보이지 않았다.

무어라 말을 건네면 좋을지 알 수 없었다.

그렇다고 해서 내버려 둘 수도 없었다.

——고집을 부리고 있다.

그것이 하야토가 본 현재의 하루키였다.

위장, 착한 아이, 연기, 혼자, 생활감 없는 거실. 수많은 정보가 하야토의 머릿속을 맴돌았다.

무언가가 이어질 것 같은데, 그러면서도 결정적인 무언가가 빠져 있어서 이어지지 않았다.

그래도 단 하나, 확실한 것이 있었다.

'지금 애를, 하루키를 홀로 둘 수 있겠냐……!'

인파에 섞여 사라져버릴 것만 같은 하루키를 필사적으로 놓치지 않으려고 쫓아갔다.

손을 뻗으면 닿는 거리. 하지만 두 사람을 분명하게 가로막고 있는 거리. 그것이 어쩐지 답답하다고 느꼈다.

"……앗!"

"으차!"

순간적인 일이었다.

발이 걸린 하루키의 손을 붙잡고 무사히 일으켰다.

하루키는 무어라 형용할 수 없는 표정을 드러내고 살며시 눈을 피했다.

"……."

"……."

서로 무슨 말을 하면 좋을지 알 수 없었다.

이런 건 그저 우연이다.

하지만 하야토는 다시 잡은 손을 놓아서는 안 된다고 생각했다.

"……이거, 철길을 따라서 걸어가면 집으로 돌아갈 수 있을까?"

"음, 글쎄. 모르겠어."

"좋아, 그럼 가볼까."

"……하야토?"

대도시. 사유 철도 노선 옆을 달리는 간선 도로.

시골의 논두렁길과는 달리, 새파랗게 무성한 토끼풀 대신에 많은 빌딩이나 건물이 늘어섰다. 길게 이어지는 그 길을 둘이서 걸었다.

어색한 분위기는 여전히 둘 사이에 가로놓여 있다. 하루키의 얼굴은 수많은 감정을 억누르고 있는 표정.

하야토는 그런 소꿉친구의 손을 잡고 이끌었다.

옆에서 보면 싸운 뒤에 막 화해한 두 사람으로도 보였다. 그다지 눈에 띄지 않는 광경이었다.

하지만 하야토는 이 상황에서 지독히 그리운 감정을 느끼고 있었다.

'……처음 만났을 때도 이런 느낌이었던가.'

이제는 언제였는지도 알 수 없을 만큼 옛날. 막 철이 들었을 무렵.

하루키는 웃지 않는 아이였다.

사람과, 누군가와 어울리지도 않고, 무릎을 끌어안고서 무표정.

괴롭다, 힘들다, 아프다, 싫다, 그런 감정을 억지로 억누르고, 그런 주제에 무언가를 애타게 기다리는 것 같더니 제멋대로 절망하고——그러면서도 그래도, 라며 완고하게 고집을 부린다.

하야토는 그런 하루키가 마음에 안 들어서, 같이 놀자며 손을 잡아끌었다.

그렇다, 지금의 하루키는 그런 **하루키**와 똑같아 보였다. 보이고 말았다.

옛날과 다르다는 것은 잘 안다.

하지만 아무래도 이 상황이 마음에 안 들어서 손을 잡아 끌고 있었다. 결국에 아무것도 변하지 않은 스스로를 깨달 았다. 싫어도 그렇게 됐다. 비어 있는 손을 움켜쥐어 손톱 이 피부에 파고들었다.

"⋯⋯하야토는 있지, 항상 억지스럽네."

"그런가?"

툭하니 중얼거린 하루키의 목소리에는 그리움 같은 기색 이 배어 있었다.

"손."

"응?"

"거칠고 커다래."

"밭일을 자주 도왔으니까."

"키는 내 쪽이 더 컸는데 말이지—."

"그랬던가?"

"그랬어."

"기억 안 나는데."

"나는 기억나."

하루키는 붙잡은 손에 힘을 꽉 실었다.

"처음 만났을 때도, 이랬어."

그러면서 힘없이 웃는 하루키는 바람에 어디론가 날아가 버릴 것만 같이 공허했다. 마음은 진즉에 울고 있으면서도, 누가 울어줄까 보냐며 고집을 부리고 있었다.

하야토는 그런 하루키에게 건넬 말을 찾을 수가 없어 답답했다. 하지만 나는 여기에 있다는 사실을 전하고 싶어서 손을 꼬옥 맞잡았다.

그리고 하루키는 하야토 옆에서 나란히, 다시금 걸어 나갔다.

이제 그녀는 손을 잡아끌지 않아도 자신의 의지로 걸음을 옮겼다. 하야토는 그런 하루키와 옛날처럼 어깨를 나란히 했다.

하지만 아무래도 과거와 똑같지는 않았다.

나란히 선 키는 머리 하나 차이.

맞잡은 손은 한 마디 차이.

입고 있는 옷은 결코 흙투성이로 만들 수 없는, 화사한 흰색 여름 드레스다.

그것은 **하야토**와 **하루키**를 가로막고 있던 7년 사이 변해 버린 것이었다.

그럼에도, 그때와 변함없이 맞잡은 손에서는 분명히 변치 않은 것이 있다. 그런 신뢰가 전해졌다.

그래서 하루키는 하야토의 이름을 불렀다.

"저기, 하야토."

"응?"

"하나만, 불평을 들어줄래?"

"그래."

"나 있지, 그 집에서 말이야, 혼자서 살고 있거든."

"……."

그것은 두 사람의 별것 아닌 대화의 연장선을 가장하고 있었다. 평소와 똑같은 것처럼 연기하려는 것이었다.

문득 앞쪽에서 사이좋은 모자가 걸어왔다.

손을 잡고, 비어 있는 쪽에는 에코백.

그것을 본 하루키의 걸음이 멈췄다. 표정이 어두웠다.

짜낸 목소리는 아무래도 떨림을 감추지 못했다.

"착한 아이로 기다리고 있는데 말이지."

그것은 수많은 생각이 담긴 말이었다.

지금 하루키의, 최선을 다한 말이었다.

간신히 자아낸 그 한마디도, 그러나 옆을 달리는 차 엔진 소리에 맥없이 지워졌다.

초여름의 햇볕은 서쪽으로 기울며 빌딩의 그림자를 두 사람에게 떨어뜨리고 있었다.

"뭐, 그래."

조금 전까지의 분위기와는 돌변해서, 하루키는 밝은 목소리로 말했다.

"……그런가."

그 말에 하야토는 짜내듯이 목소리를 흘렸다.

맥이 빠졌는지 맞잡고 있던 손의 힘은 느슨해졌다.

"음─, 그건 그렇고 꽤 걸었네. 이 근처는 전철에서 본 적은 있지만 걷는 건 처음이라…… 어쩐지 탐험하는 기분이야."

"나는 완전히 처음 보니까 몰라…… 아니, 이 길이 맞기는 한가?"

"아하, 길이 어려우면 지도로 확인하면 되잖아. 앱 있지 않아?"

"……으, 있기는 한데, 이건 뭐 지도라기보다 미로네."

"츠키노세랑 비교하면──아니, 저 가게는 뭐야?!"

"『멈추지 말라고』라니 빵집 이름 맞아?! 아뢰야식* 빵 두 덩이에 980엔, 무슨 뜻인지도 모르겠고 비싸!"

그리고 이야기를 거듭하는 사이, 둘은 평소와 같은 분위기로 되돌아갔다.

옛날에 새로운 장소를 찾고자 야산으로 들어가서 탐험했던 것처럼, 나무들이 아니라 늘어선 빌딩에서 의외의 가게나 간판을 찾아서는 시시한 대화로 꽃을 피운다. 완전히 평소 그대로였다.

하지만 그것은 명백히 하루키의 얼버무리기였다.

---

* 인간의 근본 의식, 무한한 가능성을 가리키는 불교 용어. 산스크리트어의 『아라야 비즈나나』를 한자로 음역한 것이다.

방금 드러낸 약한 모습에 더 이상 발길을 들이게 두지 않겠다는 이 선은, 하야토와 하루키 사이에 있는 7년의 공백이 만들어낸 사양이라는 이름의 벽이었다.

　옆을 보면 평소처럼 미소를 띠고 있는 하루키.

　그것이 도리어 하야토의 가슴을 휘저었다.

　얼마나 대화를 나누며 걸어갔을까?

　어느샌가 집에서 가장 가까운 역에 다다랐다.

　"아— 우리 동네 역, 도착해버렸네."

　"그러네."

　"음—, 저녁 먹기에는 이른가? 이 옷, 치마 길이가 신경 쓰이니까 일단은 돌아가서——."

　"안 돼!"

　"하야토? 저기, 나 옷 좀 갈아입고…… 아, 괜찮아. 제대로 평상복 같은 것도 히메한테——."

　"안 돼."

　"저, 저기—……."

　"안 돼."

　억지였다. 들을 생각이 없었다.

　어이없다는 감정이 뒤섞인 곤란한 표정의 하루키를 다짜고짜 끌고 갔다.

　그것은 하야토의 고집이었고, 그렇기에 그 행위에 논리 같은 것은 없었다.

　필사적으로 생각한 변명을 입에서 애써 끄집어냈다.

"……나는 그게, 아직 너랑 덜 놀았거든."

"그, 그런가."

어쨌든 하루키를 그 집으로 돌려보내고 싶지 않았다. 돌아보지도 않고 그저 하루키를 자기 집으로 데려갔다. 그것은 본심도 섞인 행동이었다.

그래서 하야토는 자신이 얼마나 위험한 소리를 했는지 자각이 없었고, 손을 붙잡힌 하루키의 표정을 깨닫지 못했다.

저녁이라고 하기에는 아직 해가 높이 떠 있는 여름의 오후 네 시 전. 딱히 표현할 말도 없는 어중간한 시간.

그런 시간이라면 마음을 풀며 기를 펴고 싶어지는 것은 자연스러운 일이라 할 수 있다.

"……아."

"히메코……."

귀가한 두 사람을 끼기긱 소리가 날 것처럼 돌아보는 히메코가 맞이해주었다.

겸연쩍은 표정을 띤 히메코의 손에는 링 모양의 컨트롤러, 텔레비전 화면에는 게임 플레이 영상. 일단 테이블 위에는 노트와 문제집이 펼쳐져 있어서 공부를 하던 흔적은 있었다.

"그, 근육은 그게, 평생의 동반자라니까."

게임에 있는 응원용 문구로 힘겨운 변명을 하는 히메코, 어이없다는 표정을 띤 하야토.

"지식이나 공부도 그렇거든."

"으극, 이, 있잖아, 공부만 하면 숨을 돌릴 필요도 있다고 할까 운동도 부족하면 안 된다고 생각해서 말이죠, 예."

"하아……."

공부도 제대로 하고 있었지만 아무래도 좋지 않은 타이밍에 돌아온 모양이었다.

서로 이상한 표정으로 마주 보는 키리시마 남매.

그런 소꿉친구들을 본 하루키는, 조금 전까지의 분위기와의 갭도 있다 보니 어쩐지 이상하게 우스워져서 어깨를 떨었다.

"아하핫, 히메 올해 고등학교 수험이었던가? 그래그래, 숨을 돌릴 필요도 확실히 있지."

"그, 그렇지! 나, 지금까지는 제대로 공부했으니까!"

"으음, 그거 몸을 움직이는 게임이었던가? 흥미 있었거든. 공부는 내가 나중에 가르쳐줄 테니까 다 같이 이거 하자."

"하루, 뭘 좀 아네—! 알겠지, 오빠?"

"……나 참."

히메코와의 대화 덕분에, 그때까지 하야토와 하루키 사이에 있던 어쩐지 팽팽하던 분위기가 흩어졌다.

하루키, 그리고 하야토도 적극적으로 게임에 몰입했다.

플레이는 한 사람밖에 못 하지만 전신을 사용한 운동이 되기도 하다 보니 셋이서 교대로 플레이하기에는 딱 적절한 스타일이고, 순서를 기다리는 사람은 야유를 날린다든지

하면서 분위기가 달아올랐다. 특히 하루키는 굉장히 신이
난 모습이었다.

"얏, 핫, 으랴—!"

그녀는 구호를 내지르며 온몸을 과도할 만큼 크게 움직였
다. 얼핏 쓸데없이 움직이는 것 같으면서도 착실하게 점수
를 벌고, 보는 사람도 매료될 것 같은 동작이었다. 그리고
이따금 하야토랑 히메코 쪽으로 시선을 보내고는 득의양양
한 얼굴. 명백하게 보여주는 플레이를 의식한다는 것을 알
수 있었다.

하지만 오늘 하루키의 복장은 청순한 느낌을 남겨놓으면
서도 어깨와 허벅지의 노출 면적이 큰 흰색 원피스. 여름 드
레스였다.

격렬하게 운동을 하면 아슬아슬한 부분이 보일락 말락 한
다. 게다가 본인은 아마도 그 사실을 알아차리지 못했다.

"흠흠, 하루, 흘끗흘끗 보이는 게 야하네요."

"히메코, 아저씨 같아."

"흐히히, 그래서, 오빠? 오늘 하루 옷 어때?"

"겉모습은 귀여운 것 같기도 하고? ……뭐, 하루키지만."

"호오호오, 그렇군요그렇군요."

"뭐, 뭐야."

하야토의 시선에서 객관적으로 봐도 하루키는 미소녀 부
류로 비쳤다. 두근두근해 버리는 때도 있다. 지금도 막 그
녀는 선정적인 모습을 드러내는 중이었다.

하지만 그것은 친동생인 히메코처럼 안타까운 모습으로 보여 버린다. 그럴 터였다. 하야토는 가능한 한 하루키 쪽을 보지 않으려고 시선을 피했다.

"어때! 지금 그거 봤어?! 이걸로 내가 최고 득점이지!"

"앗一! 그기긱, 다음에야말로 내가……!!"

"적당히 해라? 내일 근육통 와도 모른다一."

하루키의 도발에 히메코가 반응하여 분위기는 더욱 뜨거워져 갔다.

저녁은 돈가스 카레였다.

돼지고기의 근육이랑 지방에 칼집을 넣고 소금과 후추, 다진 생각으로 제대로 밑간을 했다. 그것을 처음에는 저온으로 천천히, 마지막에는 고온에서 화악 튀겨서 겉은 바삭, 속은 촉촉하게 하는 것이 하야토의 고집이었다.

어떤 소스에도 어울리는 돈가스지만 어제 남은 야채 듬뿍 묵직한 카레와도 무척 상성이 좋았다. 덕분에 모두 잘 먹어서, 카레가 없어질 때까지 싹 비운 하루키와 히메코한테서 또 "살찌겠어!"라며 불평이 나올 정도였다.

과식했으니까 운동을 하겠다며 히메코는 또다시 게임으로 돌아가려고 했지만 아무리 그래도 그건 인정할 수 없어서, 약속대로 하루키의 지도 아래 공부가 진행되었다.

"거기 y는 4를 대입하면一."

"잠깐만, 하루. 그 4는 어디서 나왔는데?!"

"어, 처음 문제의 첫 번째 식에서 이렇게, 파박?"

"그 계산식까지 아직 안 풀었잖아?! 게다가 맞는데!"

하루키의 교육 방식은 지나치게 직감적이어서 빈말로도 훌륭하다고는 할 수 없었지만, 그래도 히메코의 딴죽과 함께 화기애애하게 진행되었다.

하야토는 그런 두 사람의 모습을 등 뒤에 두고서 설거지를 한 다음 오늘 사 온 스마트폰 설명서와 눈싸움했다. 그러면서도 오늘 있었던 일이 생각났다.

지금 이때의 분위기만 본다면 일상으로 돌아왔다고 할 수 있었다.

하지만 분명 오늘은 많은 일이 있었다.

'……안 본 걸로 할 수는 없겠지.'

그만큼 그때 하루키의 얼굴은 강렬했다.

"응, 슬슬 시간이 됐네. 이제 가야겠어."

"아, 벌써 아홉 시가 넘었네. 오빠, 바래다줘."

"어……."

무언가가 마음에 걸렸다.

억지로 데려왔지만 해야 할 말을 하지 않았다——그런 응어리와도 닮은 무언가가 있었다.

하지만 어쩌면 좋을지 알 수가 없어서, 하야토는 히메코의 말대로 현관까지 함께 와버렸다.

"우와, 폭우!"

"소나기겠네."

문을 연 순간, 귓전을 때리듯이 쏴아아아 소리가 맞이했다.

방에 있을 때에는 몰랐지만 밖에서는 무척 큰 비가 내리고 있었다.

양동이를 뒤집은 것 같다는 표현이 딱 맞아서 우산이 대체 얼마나 의미가 있을지 의문스러울 정도였다. 이런 빗속을 걷다가는 오늘 처음 입은 여름 드레스도 당연히 엉망이 되리라.

"어쩔 수 없네. 우산 빌려줄래?"

"음, 어어……."

하야토는 시키는 대로 자신의 우산을 건네고 공용 복도를 통해 엘리베이터 앞으로 향했다.

"……."

"……."

말이 없었다.

조금 전까지 하야토의 집에 있었을 때의 분위기는 어디에도 없이, 미묘한 분위기가 감돌고 있었다.

그렇다고 무언가 이야깃거리가 나오는 것도 아니었다. 마치 축제가 끝난 것 같은 분위기로, 그것은 하루키가 소나기 쏟아지는 밖으로 뛰어나가려고 하기 직전까지 이어졌다.

"아하하, 우산 없어도 될지도. 돌려줄게. 나, 뛰어갈 거야."

"기다려!"

"어?"

정신이 드니 하야토는 뛰어나가려던 하루키의 팔을 붙잡

고 있었다. 한 박자 늦게 바닥을 두드리는 우산 소리가 들렸다. 하야토의 얼굴은 어디까지나 진지했다.

"돌아가지 마, 자고 가."

".............어?"

갑작스러운 제안에 하루키의 표정이 굳었다.

하지만 놀란 그 목소리는, 밤중에 내리는 커다란 빗방울이 그저 땅바닥과 지붕을 때리는 소리에 지워졌다.

◇ ◇ ◇

밖에서는 쏴아쏴아, 쏟아지는 소나기가 소리를 내고 있었다.

하지만 방음이 제대로 되는 이 아파트에서는 우웅거리는 건조기 소리만이 울렸다.

건조기와 인접한 욕실에서도 그 중저음이 잘 들렸다.

"뭐 하는 거야, 나는……."

이 혼잣말도 그 구동음으로 지워졌다.

하야토는 욕조에 몸을 담그며 자기혐오에 빠져 있었다.

조금 전 자신의 행위를 떠올리고는 얼굴을 붉게 물들이며 욕조에 잠겼다.

내뱉은 한숨은 부글부글 거품이 되어서 떠오르고는 사라졌다.

'아아, 젠장!'

조금 전의 일을 떠올리는 것만으로 점점 얼굴이 뜨거워지는 게 느껴졌다.

생각해보면 무척 대담한 행동이었다.

『어어어어어?! 자고 갔으면 좋겠다니 너무 대담한데?! 그건가, 야한 걸 당하는 상황?!』

『뭐?! 아, 아니, 그게, 이런 빗속에서는 기껏 차려입은 옷도 젖고, 감기 걸리면 안 되고, 그거야 그거!』

『그거라니 뭘까, 으으응~?! 그만큼 나랑 같이 있고 싶다는 건가?! 그런가?!』

『……그렇다고, 아, 진짜! 그러니까 오늘은 자고 가, 가자!』

『어, 잠깐, 진심?! 우리는 그런 관계가 아니라고 할까, 아직 이르다고 할까, 마음의 준비라고 할까 히메도 있다고 할까!』

『아, 히메코도 기뻐하겠네. 그, 뭐지 그──.』

당연히 그 사실을 깨달은 뒤로는 피차 허둥지둥했다.

황급히 농담으로 진압에 나서려고 했지만 그러면서도 하야토로서는 도저히 물러설 수 없는 것이 있었다.

『──오늘 하루키는 그 집으로 돌아가지 않으면 좋겠어.』

『……아. 응…… 그런가, 응…….』

그건 그저 하야토의 어리광일 뿐이었다. 하루키가 낮에 내비친 쓸쓸해 보이는 그 표정이 계속 아른거렸기에 취한 행동이었다.

이렇게 냉정해진 뒤에 생각하면 무척 **그런** 발언이기도 했다.

하루키를 데리고 돌아왔을 때, 히메코가 무척 놀랐지만 『자고 가는구나!』라며 기뻐해 준 것이 다행인가.

"아— 더워라, 나갈까."

계속 그런 생각을 하다 보니 무척 오랫동안 목욕을 하고 말았다. 하루키와 히메코는 이미 마쳤으니까 불평할 사람은 없었다.

하야토는 열이 오른 머리를 식히려고 가볍게 차가운 물로 샤워를 한 뒤에 욕실을 나섰다.

온몸의 물기를 얼른 닦아내고, 머리카락은 촉촉한 상태에서 목욕 수건을 목에 걸었다.

갑자기 묵게 된 하루키의 잠자리를 어떻게 할지 생각하며 자기 방으로 돌아왔다.

"아, 어서 와—. 이래저래 좀 빌릴게—."

"……."

그곳에 있던 것은 어디까지나 평소 그대로인 하루키였다.

밤중에 이성의 방에 있음에도 불구하고 하야토의 침대 위에서 베개를 끌어안고서는 엎드려서 만화를 읽으며 다리를 작게 바동바동 움직였다.

입고 있는 것은 헐렁헐렁한 하야토의 티셔츠 하나지만, 그래도 아래쪽은 보이지 않도록 여름용 이불을 덮고 있었다. 또한 헤어스타일도 목욕을 마치고 자기 전이라서 그런지 양쪽으로 땋아 늘어뜨린 모습이라 하야토의 눈에는 신선하게 비쳤다.

그런 편안한 모습을 봤더니 어쩐지 자의식 과잉이었던 것이 아니냐며 묘하게 부끄러워졌다. 젖은 머리카락을 수건으로 훔치며 한숨을 내쉬었다.

"야한 책을 찾아봤는데 없더라고. 컴퓨터에 있나?"

"이상한 소리 좀 하지 마…… 그보다도 그 셔츠 내 거지? 왜 히메코한테 안 빌리고?"

"아—……."

하야토의 말에 하루키는 갑자기 진지한 표정으로 침대 위에 정좌하더니 그를 봤다. 참고로 제대로 하반신은 이불로 가린 상태였다.

"그렇지요. 나랑 히메라면, 히메 쪽이 키가 조금 큰 정도고 거의 같지요."

"응? 그러니까 히메코 걸 입으면 문제없잖아?"

"그게 빌리기는 했는데, 가슴이 답답하다고 그랬더니 말 없이 하야토 셔츠를 던지는 바람에……."

"……."

"……."

"……푸흡! 하, 하루키 그건…… 아니, 크큭, 히메코도 그런 거 신경 쓰는구나…… 하핫."

"어, 어, 어쩌지?! 히메 엄청 삐쳤는데 뭐라고 해야…… 정말이지, 하야토! 웃지 말고, 오빠니까 뭔가 조언을 해달라고—!"

"아야, 아야, 등 때리지 마! 달콤한 거라도 주면 기분 풀린다고!"

"우와, 그딴 식으로 넘기게?!"

하루키에겐 정말 진지하게 상담이었는데도 이야기를 듣자마자 웃음을 터뜨려버린 하야토. 입술을 삐죽 내민 하루키는 항의하려는 것인지 찰싹찰싹 등을 때렸다.

아무래도 하루키는 히메코의 지뢰를 딱 밟아버린 모양이었다.

하야토도 히메코가 그것을 콤플렉스로 여긴다는 사실은 매일 우유와 격투하는 모습을 봤으니까 잘 알고 있었다.

과연, 히메코가 토라지는 것도 무리는 아니었다.

"……히메코도 가슴 크기 같은 걸 신경 쓰게 되다니, 정말로 여자가 되어버렸구나……."

"하루키?"

문득 하루키가 숙연한 목소리로 말하더니 그때까지 때리던 셔츠 등 부분을 꽉 움켜쥐었다. 그리고는 찰딱찰딱 무언가를 확인하듯이 등을 더듬기 시작했다.

"크네. 옛날에는 나랑 그렇게 차이도 없었을 텐데, 엄청 차이가 생겨버렸어. 히메한테도 키로는 역전당했고, 하야토는 요리 솜씨가 굉장하고…… 우리는 이제 그 무렵 그대로가 아니구나……."

"……뭐, 그러네. 나도 이런저런 일이 있었으니까."

"그런가……."

하루키가 힘없이 중얼거렸다. 애써 평소처럼 행동하려는 모습이지만 역시 낮에 있던 일이 지금도 영향을 미치는 것이리라.

──혼자 두지 않기를 잘했어.

하야토는 그리 생각했지만, 사정을 모르기에 이 이상 건 넬 말이 없었다. 더 파고들기에는 서로가 모르는 것이 너무나도 늘어나 버렸기에 주저하고 말았다. 7년이라는 세월이 만든 공백은 크면서도 깊은 골이었다.

그밖에도 많은 것들이 변해버렸다.

목소리 높이도 다르고, 탄탄한 하야토의 어깨와 둥그스름하고 처진 어깨의 하루키, 각자가 익힌 습관에 특기. 그리고 서로를 둘러싼 환경. 아무리 바라더라도, 아무것도 모르고서 그저 웃으며 놀던 무렵으로는, 더 이상 돌아갈 수는 없었다.

하지만 그래도 하야토에게는 그 무렵과 다르지 않다고 말할 수 있는 마음이 가슴속에 있었다.

"오늘 말이야, 즐거웠어."

"……어?"

"뭔가 서로 이런저런 일이 있을 테지만, 오늘은 하루키랑 같이 놀면서, 그, 재밌었거든."

"…………아."

하야토의 얼굴은 새빨개졌다. 욕실에서의 모습이 재현됐다.

분명 이건 분위기에 휩쓸렸기에 뱉은 말일 뿐, 내일 아침에 일어났을 때 부끄러워서 몸부림 칠 것은 알고 있었다.

그래도 지금은 하루키에게 어떻게든 말을 해야만 했다.

"나 있잖아, 하루키가 떠난 뒤로 외로웠거든. 따로 또래

친구도 없었고. 오늘만이 아니라, 이쪽으로 온 뒤로는 옛날
처럼 매일이 즐거워서⋯⋯ 그러니까 다시 만난 게 엄청 기
뻤어."

"하야, 토⋯⋯."

굳이 입 밖으로 꺼낼 이야기도 아니었을지도 모른다. 틀
림없이 서로가 어찌어찌 알고 있던 일이기도 했다.

하지만 지금은, 그 사실을 솔직하게 입 밖으로 꺼내는 것
에 의미가 있다는, 말로 전해야만 한다는, 그런 확신과 사
명감과도 닮은 무언가가 있었다.

"있잖아, 하루키한테 무슨 일이 있었는지는 몰라. 내가 할
수 있는 일도 아마 뻔하겠지. 그래도 옆에 붙어 있는 정도
는 할 수 있어. 옛날과 다르게 스마트폰도 있으니까 달려가
는 것 정도는——하루키?"

".....................어?"

수줍다 보니 고개를 숙이고서 긁적긁적하던 머리를 들었
을 때였다.

하야토의 눈에는 뚝뚝, 커다란 눈물을 흘리는 하루키가
비쳤다.

본인은 못 알아차렸는지 그녀는 하야토의 놀란 얼굴을 보
고서야 처음으로 자신이 울고 있음을 깨달았다.

"나, 어째서⋯⋯ 어라, 왜⋯⋯ 아하, 이상하네⋯⋯."

이제는 감정을 컨트롤할 수가 없는지 아무리 눈물을 훔쳐
도 그칠 기미는 없고, 그녀의 얼굴은 흠뻑 젖었다.

서로가 어째서 이렇게 되었는지 알 수가 없었다.

다만 지금 이 얼굴은 보여주고 싶지 않을 것 같아 하야토
는 살며시 등을 돌렸다.

"이거, **빚으로 할게.**"

"응...... **빚으로 해줄게.**"

툭, 등에 이마를 대는 감각이 전해졌다. 그리고 잠시 후,
하야토의 등에서 오열이 새어 나왔다.

무슨 말이 계기였는지는 알 수 없었다.

하지만 한 번 둑이 터져서 흐르기 시작한 하루키의 눈물
은 멈출 줄을 몰랐다.

그리고 이것은 7년에 걸쳐 참아온 것의 발로이기도 했다.

이대로 계속해서 끌어안고만 있었다면 그녀는 언젠가 망
가져 버렸을지도 모른다.

──그러니까, 지금은 실컷 울면 돼.

사실은 이대로 두기 싫은 주제에, 하야토는 등으로 퍼지
는 뜨거운 것을 느끼며 자신의 손을 아플 정도로 움켜쥐고
있었다. 가슴속에 있는 것은 그저 무력감과 자신을 향한 분
노와도 닮은 심정이었다.

'나, 는......'

대체 얼마나 시간이 지났을까? 문득 뒤에서 꽉 두르고 있
던 하루키의 팔 힘이 빠졌다.

"......하루키?"

말을 건네도 반응이 없었다. 어쩐지 기대고 있는 무게가

늘어난 것처럼 느꼈다.

천천히 어깨 너머로 상황을 살펴보니 쌔액쌔액, 규칙적인 숨소리가 들렸다. 아무래도 울다가 지쳐서 잠들어버린 모양이었다.

"……야."

"……으응……."

하야토가 몸을 움직여도 깰 기척은 없었다. 얼굴을 들여다보니 무척 긴장이 풀린 표정을 띠고 있어서, 그만큼 이제까지 긴장하고 있던 것이 터져버렸음을 깨닫고 말았다. 굳이 깨우는 것도 꺼려졌다.

하지만 이대로 둘 수도 없었다.

하야토는 한동안 고민한 뒤, 마음속으로 미안하다는 한마디를 건넨 다음에 침대로 옮기고자 하루키의 몸을 안아 들었다.

'……가벼워!'

그리고 이 소꿉친구가 너무나도 가벼워서 크게 놀랐다.

재회해서 옆을 걸으며 함께 웃고, 체격에 차이가 생기고 말았다는 사실을 머리로는 이해하고 있었을 텐데. 이 자그마한 몸에 대체 얼마나 많은 것을 품고 있었을지 생각하자 가슴이 죄어들었다.

하야토는 쉽게 부서지는 물건을 다루듯이 하루키를 침대에 눕히고 이불을 덮었다.

완전히 안심한 표정이었다. 무척 예쁜 얼굴이었다. 그것은, 하루키가 하야토를 완전히 신뢰하고 있기에 내보이는 무방비한 얼굴이었다. 그런 얼굴을 봤더니 하야토의 마음은 스스로도 알 수 없는 다양한 감정으로 뒤죽박죽이 되어 버렸다.

자기 셔츠를 입고, 자신이 평소에 자는 장소에서 잠들어 있는 모습에 자연스럽게 손이 뻗었다.

"⋯⋯어머, 니."

"──⋯⋯윽."

그리고 하루키의 잠꼬대에 하야토는 움찔, 어깨를 떨었다.

작게 한숨을 한 번. 눈앞의 얼굴을 보니 눈꼬리에 눈물이 맺혀 있기에 그것을 손끝으로 살며시 닦고 일어섰다.

"⋯⋯잘 자."

작게 중얼거리고 불을 껐다.

"⋯⋯오빠."

"⋯⋯히메코."

방을 나왔더니 어쩐지 따분한 모습으로 히메코가 서 있었다.

아무래도 하루키를 걱정했나 보다. 무슨 일이 있었는지 다 들린 거겠지.

하야토가 쓴웃음 지으며 어깨를 으쓱이자 히메코도 한 박자 늦게 쓴웃음으로 답했다. 어쩐지 안도한 것 같은 분위기가 퍼졌다.

잘 자라고 손을 들며 거실로 가려고 했더니 히메코가 셔츠를 꾹 잡아당겼다.

"오빠, 등이 엉망이야. 갈아입어야겠는데."

"우와, 이거 콧물까지 묻은 거 아냐?"

"하루도 참 곤란하네."

"……그러네."

그리고 하야토와 히메코는 얼굴을 마주 보고 작게 웃었다.

제14화 내 앞에서만 옛날 모습이라니, 아니, 좀!

어젯밤부터 계속 내리던 비는, 동이 틀 녘에는 완전히 그쳤다.

대기 중의 먼지가 깨끗이 씻겨나간 하늘은 푸르게 쾌청하고, 아직 동이 트고 얼마 안 되었음에도 자기주장이 강한 태양은 커튼 너머로도 하루키의 눈꺼풀을 자극했다.

"응…… 으…… 어라?"

눈을 뜬 하루키는 시야에 날아든 익숙하지 않은 풍경에 당황하고 말았다. 막 깨어난 머리는 좀처럼 제대로 돌아가지를 않았다. 하지만 신기하게도 마음은 평온하고, 천천히 주위를 둘러보는 사이에 의식도 또렷해졌다.

"아―, 그랬지. 나 여기서 잤던가."

하루키가 자고 있던 곳은 하야토의 방이었다.

방 주인인 하야토한테는 딱히 소파라도 괜찮다고 했지만, 자기가 제멋대로 초대했는데 그럴 수 없다며 거절당한 것이다.

시계를 보니 다섯 시 조금 전. 무척 일찍 눈을 떴음에도 불구하고 졸리지는 않았다. 그만큼 푹 잠들었던 것이리라.

신기한 감각이었다.

항상 어딘가에서 느끼던, 마음속에 있던 응어리 같은 것은 어제의 눈물과 함께 씻겨나갔는지 어디에도 없었다. 이 하늘처럼 맑게 갠 상쾌한 기분이었다.

『──옆에 붙어 있는 정도는 할 수 있어.』

문득 어젯밤 하야토의 말을 떠올렸다.

이불이나 입고 있는 셔츠에서는 익숙하지 않은 냄새가 감돌았다.

하루키한테는 너무 커서 옷자락이 거의 여름 드레스와 비슷한 셔츠를 꼭 움켜쥐었다.

"……에헤."

그리고 자연스럽게 웃음이 튀어나왔다.

원피스 상태가 된 셔츠를 둘러쓰고 있었더니 무언가 커다란 것에 안겨 있는 듯한 안도감마저 들었다. 아무래도 마음이 들뜬다는 걸 스스로 느꼈다.

어쩐지 그것이 기쁘기도 하고 부끄럽기도 해서, 얼굴을 베개에 파묻으며 미야─미야─ 울고 뒹굴뒹굴 침대를 뒹굴고 말았다.

'지켜지는 약속도 있구나…….'

왼손 새끼손가락을 살짝 바라봤다. 손가락을 걸었을 때의 감촉을 떠올렸다.

그러자 또다시 곧바로 하야토의 얼굴이 뇌리에 떠올라서 진정이 되질 않았다.

하루키는 자신이 어째서 그렇게 되어버렸는지 알 수가 없어서, 어쩐지 답답한 기분을 떨쳐내듯이 머리를 내저었다.

"맞다, 오늘은 월요일이니까 느긋이 있을 수는 없으려나."

당연하지만 수업도 있는 날이다. 숙제는 사전에 마쳤지만 집으로 돌아가서 교복으로 갈아입어야만 하고, 쌓여 있는 타는 쓰레기도 내놓아야 한다.

가능한 한 평상심을 유지하려고 그런 생각을 하며 발소리를 낮추어 거실로 향했다.

"……응………… 으……."

"―――――읏!"

그곳에는 간신히 배 위로 여름용 이불만 덮은 하야토의 모습이 있었다.

깊이 잠들어서 깰 기미는 없었다. 잠자리는 그다지 좋지 않아 한쪽 다리는 소파에서 바닥으로 내동댕이쳤고, 태평해 보이는 표정으로 쿨쿨 소리를 내고 있었다.

그런 하야토의 얼굴을 보자, 하루키는 속에 남아 있던 것이 단숨에 번지듯이 갑자기 가슴이 크게 뛰기 시작했다.

'뭐야, 이거…….'

하루키는 끓어오르고 만 이것에, 스스로도 잘 알 수 없는 감정에 당황해버렸다.

생각해보면 이번만이 아니었다. 그와 재회한 그날부터 감정은 어지럽게 휘저어지기만 했던 것이다.

전학 첫날, 그 무렵과 무척 달라진 모습을 보고 어떻게 여길까 싶었더니 옛날과 변함없이 소리 죽여서 웃고는 원숭이 요괴 취급을 했다. 다른 남자들과는 다르게 타산이나 흑심 없이 이래저래 손을 건네어 줬다. 생각해보면 두근두근하게 만들어 주겠다고 놀려놓고 흐지부지되거나 반대로 반격을 당하는 꼴이 많았다. 어젯밤에는 완전히 자신의 약한 모습을 훤히 드러내고 말았다.

그 일을 생각하면 금세 수치심으로 얼굴이 뜨거워지고 마는데도, 눈앞의 하야토는 태평하게 자고만 있다.

'어쩐지 나만 이러는 거, 치사해……!'

하야토 덕분에 마음은 가벼워졌다. 도움을 받고 말았다.

그것은 분명 친구니까, 무슨 일이 있어도 친구니까. 그렇게 나눈 맹세가 있었기 때문이리라.

기쁘다고 생각하는 반면, 혼자만 당하고 있으니 어쩐지 분하기도 했다.

그런 유치한 생각으로 무언가 장난을 쳐주겠다며 자고 있는 하야토에게 다가갔다.

'자, 어떻게 해줄까.'

하루키는 짓궂은 미소를 띠며 하야토를 빤히 관찰했다.

덥수룩하게 제멋대로 자란 억세 보이는 머리카락, 의외로 긴 속눈썹, 조금 햇볕에 탄 피부에, 자세히 보면 동생 히메코의 인상도 있지만 그러면서도 하루키에게 이성으로 느껴지는 단정한 얼굴.

'……어라, 혹시 좀 잘생겼나?'

갑자기 그런 생각이 들고 말았다. 이제까지 하루키에게 하야토는 **하야토**였기에 그런 생각은 한 적도 없었다.

동요와 혼란 때문인지 가슴은 아플 정도로 빠르게 뛰고,

어찌 된 영문인지 거칠거칠하고 살짝 갈라진 하야토의 입술이 뭔가 맛있게 여겨진다든지 자신이 촉촉하게 만들어주고 싶다는 생각이 든다든지 해서, 빨려드는 것처럼 자연스레 얼굴을 가져다 대고 말았다.

그러던 그때였다.

"으응……."

"──읏?!"

하야토는 아무런 전조도 없이 몸을 뒤척였다. 갑작스러운 움직임에 접촉할 뻔했던 하루키는, 정신을 차리고는 화악 뒤로 물러나서 자신의 입술에 손을 댔다.

계속 벌렁벌렁하는 심장을 부여잡으며 하야토를 봤더니 아무 일도 없었다는 표정으로 여전히 유유자적 잠들어 있었다.

'나, 지금 뭘…….'

그것은 완전히 무의식이었다. 농담이라도 **친구**로서는 하지 않을 행위였다. 명백하게 일선을 넘어선 것이었다.

하루키는 자신의 행동에 놀라움과 동요를 감추지 못하는 것과 동시에, 머릿속이 이 밉살스럽고 상쾌한 얼굴의 하야토로 가득 차버렸다.

"──윽!"

이대로는 안 돼! 계속 당하기만 할 뿐이야!

어떻게든 이 친구에게 한 방 먹이지 않으면 불공평할 것 같아서, 제대로 얼굴을 볼 수 없을 것 같아서, 어린애 같은 대항심을 불태우며 하야토의 방으로 돌아가 옷장을 열었다.

"우와, 꽉 차 있어…… 그렇다면 분명 이 부근에…… 아, 있다."

어떤 물건을 발견한 하루키는 허겁지겁 그것으로 갈아입고 거실로 돌아왔다.

시각은 아직 다섯 시 정도. 여전히 하야토는 잠든 그대로.

하루키는 얼마나 잠들었는지를 확인하듯이 말을 걸며 뺨을 찔렀다.

"저기―, 일어났나요―? 안 일어났다면 큰일이 벌어진다고요―? 괜찮아―?"

작게 몇 번인가 속삭였지만 "으응―" 하고 얼빠진 목소리가 돌아올 뿐이었다.

'옛날부터 한번 낮잠을 자버리면 뭘 해도 좀처럼 깨질 않았던가.'

뭘 해도 안 깨겠구나, 그리 확신한 하루키는 대담하게도 하야토의 몸을 움직였다.

"이건 보복이니까 말이지―― 응."

마치 스스로에게 변명을 하듯이 중얼거리고――그리고 새벽 시간의 조용한 거실에 찰칵, 스마트폰 촬영 소리가 울려 퍼졌다.

하루키의 입가에는 어린아이 같은 짓궂은 미소가 퍼졌다.

◇ ◇ ◇

"으응—…… 응? 아, 그랬지…… 아야야."

하야토는 평소와 같은 시간에, 평소와는 다른 방에서, 위화감을 느끼며 눈을 떴다. 아무래도 익숙하지 않은 소파에서 잔 탓인지 목과 등이 조금 아팠다.

천천히 기지개를 켜며 주위를 둘러보니 거실 탁자 위에 메모가 있다는 것을 깨달았다.

『어제는 고마워. 옷을 갈아입어야 되니까 돌아갈게. 그리고 어제 일은 잊어줘! 알겠지?!』

마지막에는 힘껏 갈겨쓴 글자가 되어 있어서 심경이 엿보였다.

그 옆에는 정중하게도 제대로 개어놓은 하루키가 입은 티셔츠가 있었다. 손에 들어보니 어렴풋이 달콤한 향기가 느껴졌다.

"아침 정도는 먹고 가도 됐을 텐데."

어쩐지 자신의 것이 아닌 향기가 이상하게도 부끄러워져서 변명을 하듯이 그런 소리를 중얼거렸다.

근거는 없지만 하루키는 이제 괜찮다——그런 느낌이 들어 하야토는 안도의 한숨을 내쉬었다.

"자, 이제 준비를 할까요."

월요일 아침은 바쁘다. 그리고 어쩐지 우울하다. 하지만 해야 할 일도 많다.

쓰레기를 내놓고 등교 준비, 아침 식사 준비에 도시락도 만들어둬야 한다. 하야토는 이것들을 익숙한 솜씨로, 그리

247

고 무심하게 척척 진행했다.

그러지 않으면 어젯밤 하루키한테 말했던 조금 부끄러운 말이 떠올라서 몸부림을 칠 것 같았으니까.

"후아…… 아후. 오빠, 안녕. 저기, 하루는?"

"준비할 게 좀 있다고 먼저 돌아갔어. 자, 히메코는 세수부터 하고 와. 머리 엄청 뻗친 거 알지? 그동안에 아침 준비해둘 테니까."

"으윽, 완전 폭발한 머리네…… 응? 오빠, 목에 그건 뭐야?"

"목? 어, 잠을 좀 잘못 자서──."

"그게 아니라 거기, 오른쪽에 빨갛게 됐어."

"오른쪽? 아픈 건 왼쪽인데…… 저기, 히메코?"

일어난 히메코와 등 뒤로 대화를 나누는데 문득, 그녀가 요리 중인 하야토의 셔츠를 등 뒤에서 꾹 잡아당겼다.

무슨 일인가 싶어서 돌아보니 조금 쓸쓸해 보이는, 그러면서도 억지로 미소를 띤 것 같은 히메코의 얼굴이 날아들었다.

"……하루, 괜찮을까?"

"히메코…….."

아무래도 히메코도 어젯밤 하루키의 모습에서 무언가 생각하는 바가 있는 모양이었다.

어쩌면 스마트폰으로 얘기할 때부터 어느 정도 사정을 헤아리고 있었을지도 모른다. 그러면서도 이 표정을 짓는다는 건, 히메코도 하야토와 마찬가지로 7년의 공백 때문에 제대로 파고들 수 없다는 뜻이리라.

하지만 하야토로서는, 한 가지 확실하게 말할 수 있는 것이 있었다.

"괜찮겠지."

"왜?"

"그야, 내가──친구가 곁에 있으니까."

"……풉. 오글거려!"

"시, 시끄러!"

히메코는 눈을 끔벅거리는가 싶더니 갑자기 웃음을 터뜨리며 악담을 쏟아냈다. 하지만 얼굴은 미소로 바뀌어 있었다.

"후후…… 그래도, 그렇구나. 나도 열심히 해야겠어."

하야토도 히메코에게 이끌려서 웃음을 흘렸다.

밤중에 비가 그친 하늘은 평소보다 맑게 갰다.

초여름 이른 아침의 태양이 통학로를 나아가는 하야토의 피부를 지글지글 익혔다.

"더워…… 그래도, 비가 왔구나……."

비. 하늘의 은혜. 그 호칭처럼 비가 내린 뒤에 농작물은 급격하게 자란다.

물론 좋은 일만 있는 것은 아니다. 어젯밤만큼 큰 비라면 이랑이 무너질 걱정도 있고, 급격하게 수분을 머금어서 열매가 터져버리는 경우도 있다.

전날의 **약속**도 있으니까 자연스럽게 발걸음은 화단으로 향했다.

"안녕하심까—. 풍작 같은데?"

"아, 키리시마!"

학교 건물 밖에 있는 그곳에는 바삐 수확에 애쓰는, 곱슬 거리는 머리카락이 특징적인 자그마한 소녀——미타케 미 나모의 모습이 있었다.

어젯밤의 비와 오늘 아침의 날씨 덕분에 많은 채소가 열 매를 맺었다. 근처에는 작은 종이 박스 두 개가 있고 이미 거의 차 있었다. 비로 흘러간 흙도 제대로 근처에 모여 있 어서 그녀가 무척 이른 시간부터 여기서 돌보고 있었다는 사실을 엿볼 수 있었다.

"도와주겠다고 하려던 참이었는데 이미 끝난 모양이네."

"덕분에 잔뜩 땄어요! 하지만, 그게……."

"아, 혹시 너무 많이 따다 보니 남았어?"

"예……."

미타케 미나모는 곤란하다는 표정으로 미소를 띠었다. 하 야토와 나누었다고는 해도 미처 소비하지 못할 정도의 채소 가 박스에 채워져 있었다. 특히 가지의 양이 많았다.

풍작이 나도 가격 폭락으로 손해를 보던 농민들의 모습이 하야토의 뇌리를 스쳤다. 츠키노세 시골에서는 너무 많이 나서 어쩔 수 없이 나눠 받는 경우도 드물지 않았다.

"토마토라면 할아버지께 나눠줄 수도 있지만 가지는……."

"살짝 절여보면 어때? 전에 살던 시골에서는 자주 밥반찬이나 술안주로 먹었어."

"저기, 그건 어떻게 하나요?"

"그럼 다음에 만드는 방법을 찍어서 보내줄게."

"아! 샀군요!"

"어제 말이지."

그러면서 하야토는 미타케 미나모와 ID를 교환했다.

'어찌어찌 자연스러운 흐름으로 말한 것 같은데?'

별생각 없다는 듯이 이야기를 꺼내기는 했지만 하야토는 무척 긴장하고 있었다.

하루키나 히메코와는 달리 알게 된 지 얼마 되지 않은, 게다가 이성인 상대였다. 몇 번인가 뇌 내에서 시뮬레이션도 했고, 무사히 **약속**을 달성했다는 사실에 안도했다.

그런 하야토의 표정과는 대조적으로 미타케 미나모는 얼굴을 붉게 물들이며 어쩐지 미안하다는 표정으로 올려다보았다.

"저기 으음, 저랑 그게…… 괜찮을까요?"

"어? 그게 무슨……."

"여, 여자 친구라든지 그게……."

"여자 친구?"

하야토는 예상 밖의 단어에 고개를 갸웃거렸다.

무슨 말이냐며 미타케 미나모의 시선을 따라갔더니 오른쪽 목덜미를 보고 있었다. 오늘 아침, 히메코한테도 지적을 받은 부분이었다.

"아, 이거. 동생도 지적했는데, 그렇게나 눈에 띄나?"

"사, 사이가 좋은 건 좋은 일이니까요! 하지만, 키스 마크는 그게…… 하우우우우우!"

"미, 미타케?!"

무언가 중대한 착각과 오해를 한 상태로, 미타케 미나모는 얼굴이 확 달아올라서는 달려갔다.

뒤에 남겨진 하야토는 수확한 채소들과 함께 어쩌지, 하고 망연자실했다.

『채소 보관하고 있어요. 그리고 목은 벌레에 물렸어요.』

하야토가 처음으로 보낸 메시지는 그런 변명 같은, 야무지지 못한 내용이었다.

교실로 다가가는 하야토의 머리에 떠오르는 것은 그저 하루키였다.

과거의 친구.

함께 찰과상을 만들고, 옷도 흙투성이가 되어서 놀던 사이. 서로 빚과 추억을 쌓으며 언제까지나 친구라고 맹세를 나누었던 소꿉친구.

하지만 막상 재회했더니 이전과는 동떨어진 모습이 되어 있었다.

나란히 선 키 차이는 머리 하나.

붙잡은 손은 한마디 차이.

달리는 속도는 같아도 차이가 생겨버린 보폭.

짧았던 머리카락은 길고 반들반들, 찰과상투성이였던 피부는 주름 하나 없이 하얗고 매끄러우며, 어제 입고 있던 옷은 결코 흙 따위로 더럽힐 수 없을 만큼 화사하고 귀여운 여름 드레스.

당황하거나 허둥지둥한 적도 있다. 그만큼 매력적인 여자가 되었으니까 당연하다.

하지만 일단 같이 놀면 그 무렵과 다르지 않게 즐겁다는 기분을 공유할 수 있는, 둘도 없는 상대임은 변함이 없었다.

설령 학교에서는 시원찮은 전학생과 청순가련하고 인기 있는 여학생일지라도, 그것은——.

"안녕—…… 응?"

"여, 키리시마! 목에 그건 뭐야?"

"키스 마크가 찍혀 있나봐. 안타깝게도 상대는 벌레지만…… 그래서 저건 뭐야? 별일이네."

"하핫, 그렇지. 나도 저런 니카이도를 보는 건 처음이야."

교실로 들어오자마자 하야토의 시야에 날아든 것은 자기 자리에서 아이들에게 둘러싸여 있는 하루키의 모습이었다.

거기까지라면 평소의 광경이라 할 수 있었다. 하지만 오늘 아침의 하루키는 스스로 적극적으로 이야기를 건네고 있었다.

"이쪽이 히메——이 애랑 같이 고른 거고, 자, 이것도 그래요!"

"와, 귀여워!"

"어울리는 옷이 많아서 좋겠다."

"명백하게 촌스럽고 이상한 것도 몇 개 섞여 있지만, 그것도 어쩐지 즐기고 있다는 느낌이네."

"초, 촌스럽다니…… 아, 아하하…….''

니카이도 하루키는 인기가 있다. 그 외모와 태도 때문에 일종의 아이돌 같은 존재이기도 했다.

가만히 있어도 사람들이 둘러싸고서 이야기를 건네니까, 그녀 쪽에서 나서서 이야기를 하는 경우는 거의 없다고 할 수 있었다.

그런 하루키가 자랑하듯이 뽐내며 스마트폰 화면을 보여준다면 눈여겨보지 말라는 게 더 어렵다.

'……다른 녀석들하고도 저런 식으로 대화를 하는구나.'

하야토는 들떴다고 할 수도 있을 하루키의 모습을 보고 어쩐지 석연찮은 기분을 슬쩍 느끼고 말았다.

"그때 말한 소꿉친구랑 찍은 사진이래. 듣기로는 주말에 같이 옷 사러 갔다던데."

"호, 호오."

"와— 반응 참 재미없네, 키리시마! 소꿉친구도 미소녀라 그러고, 게ㆍ다ㆍ가! 다름 아닌 니카이도의 사복 차림이 저기 찍혀 있다니까?! 크, 나도 보고 싶다!"

"그, 그런가."

흥분한 기색으로 모리는 역설했지만 하야토의 반응은 애매했다. 어제 옷차림이라면 모를까 가지고 있는 사복이 조금 그런 하루키를 쉽게 상상할 수 있었고, 찍혀 있는 소꿉친구는 태어났을 때부터 잘 아는 친동생이다. 무어라 형용할 수 없는 쓴웃음만이 새어 나왔다.

그래도 아이들에게 소꿉친구에 대해서 기쁘게 이야기하는 하루키의 모습은, 이제까지 어쩐지 주위에 쳐두었던 벽을 다소 걷어낸 것 같아서 흐뭇한 변화처럼도 여겨졌다. 여기려고 했다.

틀림없이 어젯밤의 눈물을 계기로 하루키 안에서 무언가 좋은 변화가 있었던 것일지도 모른다.

이것은 하루키에게 좋은 일이다──그런 생각을 하며 자기 자리로 갔다.

"안녕─, **니카이도.**"

"아, 안녕하세요, **키리시마 군.**"

"아침부터 인기가 넘치는데?"

"키리시마 군도 볼래요? 제 소꿉친구 사진이에요. 자, 이거요. 잘 찍었다고 생각하지 않나요?"

그러면서 하루키는 불쑥, 스마트폰을 과시하듯이 어필했다.

니카이도 하루키의 소꿉친구라고 하면 히메코다. 뭐가 좋다고 너무나도 익숙한 동생 사진을 보겠냐. 하야토가 그리 생각할 것은 하루키도 알고 있을 터.

조금 전의 답답한 기분도 있어서 쌀쌀맞은 태도가 되어버렸다.

그런데도 하루키는 집요하다고 할 수 있을 만큼 스마트폰을 이쪽으로 들이밀었다. 옆에서 보면 자신의 소중한 소꿉친구를 자랑하고 싶다는 흐뭇한 모습으로 보일 것이다.

"아니, 나는 딱히——아니, 어어어어어?!"

"아앙."

하야토는 그 화면을 본 순간, 저도 모르게 하루키의 손에서 스마트폰을 빼앗고 말았다.

그리고 놀란 하루키의 귀여운 목소리가 주위에 울려 퍼지고, 너무도 갑작스러운 하야토의 그 행동에 다들 눈을 동그랗게 뜨고서 바라봤다.

주위에서는 대체 지금 하야토가 니카이도 하루키의 소꿉친구를 보고 무슨 생각을 하는 것으로 여길까——. 하지만 하야토는 그런 주위의 시선이나 의문 따위는 아무래도 상관없다고 생각할 정도로 깜짝 놀랐다.

"아, 아, 아니, 너, 잠깐, 이거……!"

"어때요, 잘 찍혔죠? 제 **소중한 소꿉친구**예요."

그곳에 찍혀 있던 것은 하야토의 교복 셔츠를 입고 그의 팔을 벤 채 목덜미에 입술을 붙인 하루키의 셀카였다. 꼼꼼하게도, 사진에는 도발 문구인지 『하야토라면 내 옆에서 자고 있어』라는 글자까지 춤을 추고 있었다. 아무래도 목덜미의 멍 자국은 이게 원인인 듯했다.

눈앞의 하루키가 싱긋 웃었다.

하지만 그것은 다른 사람들 앞에서 드러내는 청초하고 단아한 미소가 아니라, 어릴 적부터 익숙한 어쩐지 짓궂은 미

소였다.

문득 하야토의 머릿속을 수많은 것들이 맴돌았다.

7년 동안에 무슨 일이 있었는지는 모른다.

틀림없이 그것은 아직 간단히 언급할 수는 없는 것이리라.

하지만 그것은 또한, 이 공백이 메워진다면 말해줄 얘기임에 틀림없었다.

『하루키, 우리는 계속 친구니까!』

초조해질 필요는 없다.

과거에 나누었던 작은 약속이 분명히 아직 숨 쉬고 있으니까.

그럼에도 지금 하야토는 마음속으로 크게 외치고 싶은 것이 있었다.

"하, 하루…… 니, 니카이도……!"

"후훗."

──내 앞에서만 옛날 모습이라니, 아니, 좀!

다녀왔어

집으로 돌아가는, 여름의 석양이 드리운 길.

하루키는 그 길을 홀로 가벼운 발걸음으로 걸었다. 자신이 조금 들떠 있다는 자각도 있었다.

혼자인 것은 방과 후 담임 선생님을 통해서 이런저런 일을 부탁받았기 때문이었다.

하루키가 그런 일을 부탁받는 경우는 드물지 않았다. 오히려 이제까지는 적극적으로 돕겠다며 나섰다.

그것은 외톨이가 되는 집으로 돌아가는 것을 조금이라도 늦추고 싶다는 생각 때문이었지만, 아무래도 주위에는 오늘 하루키의 분위기가 조금 다르게 보였나 보다.

'……그렇게나 나, 안절부절못하는 모습으로 보였을까?'

일 때문에 들른 곳마다 『빨리 돌아가야 되는데 미안해요』 라며 사과하던 것을 떠올렸다.

물론 그런 이야기를 듣는 것은 처음이고, 하루키 스스로도 마음이 조급하다는 느낌은 없었다.

'으―음, 오늘 아침 일로 빨리 사과하고 싶은 걸까……?'

아무리 그래도 오늘 아침에는 지나쳤다는 자각도 있었다.

오늘 하루, 옆자리에서 뾰로통하게 토라진 표정이던 하야토의 얼굴을 떠올리고 쓴웃음을 흘렸다.

평범하게 생각하면 사이가 어긋나도 어쩔 수 없는 장난이라고도 할 수 있었다. 하지만 어찌 된 영문인지 하루키의 입가는 흐뭇한 미소였고, 그렇게 되지는 않는다는 확신 같은 심정조차 있었다.

"아, 하루다. 지금 가?"

"히메. 응, 지금 가."

대로에서 주택가로 접어든 참에, 학교에서 돌아오는 히메코와 만났다.

가는 장소는 같으니까 누가 먼저라고 할 것도 없이 나란히 걸어갔다.

듣자 하니 히메코는 도서관에서 친구들과 공부 모임을 가졌다고 한다.

흘러가는 귀갓길을 배경으로 "피곤해"라느니 "수험 공부 이제 싫어"라는 투정과도 닮은 말이 튀어나오자, 하루키는 어젯밤 셔츠 건은 깨끗이 없어졌다는 것을 깨달았다. 그런 부분은 히메코도 하야토랑 똑같구나 싶어, 쿡쿡 소리 죽인 웃음을 흘리고 말았다.

"……어, 하루. 어쩐지 엄청 기분 좋은 모양이네?"

"어? 그, 그런가?"

하루키의 웃음은 아무래도 무의식적으로 나온 모양이었다. 히메코의 말을 듣고서 처음 깨달았다.

히메코는 한순간 의아해하는 표정을 띠었지만 뭐 상관없지 싶어 금세 원래의 불평 모드로 복귀, 다시 집을 향해서 걸어갔다.

"다녀왔어—…… 어라, 오빠 왜 이렇게 음침해?"

"…………시끄러워."

"아, 아하하."

하루키와 히메코, 둘이서 아파트로 돌아왔더니 뾰로통한 모습으로 그저 가지와 대파를 길게 자르고 있는 하야토의 모습이 있었다. 다진 돼지고기와 두반장을 보면 오늘 저녁 메뉴는 마파 가지인 모양이었다.

답답한 심정을 부딪치듯이 그저 계속 써는 모습에서는 하야토의 불만스러운 기분이 여실히 보였다.

히메코는 그런 오빠의 모습과 쓴웃음 짓는 하루키의 얼굴을 교대로 바라보고 어이없다는 듯 한숨을 내쉬었다.

"정말, 하루 또 뭐 했어? 자, 짚이는 게 있다면 사과해! 나 불편한 분위기로 저녁 먹긴 싫어."

"……앗."

히메코는 하루키의 등을 턱 밀었다. 하루키는 그 기세 그대로 터벅터벅 하야토 옆으로 걸음을 옮기고는 미안하다는 표정을 띠었다.

하루키의 모습을 인식한 하야토는 흘끗 시선을 옮겼지만 식칼을 든 손이 멈출 기미는 없었다. 그래도 하루키는 하야토의 얼굴을 들여다보듯이 고개를 기울이고 사과했다.

"조, 조금 지나쳤을지도…… 저기, 미안해."

"…………후우."

커다란 한숨이 한 번. 하야토는 손을 멈추고는 고개를 돌리고, 머리를 긁적이며 곤란하다는 듯한, 하지만 어쩔 수 없다는 듯한 음색으로 하루키를 감쌌다.

"……어서 와."

"……아."

하루키는 한순간 놀라서 허둥댄 뒤 그 말의 의미를 곱씹으며, 부끄러움과 기쁨이 스며든 마음을 답했다.

"──다녀왔어!"

그리고 하야토와 재회한 이후로 가장 큰 미소를 활짝 꽃피우는 것이었다.

후기

　안녕하세요, 히바리유입니다. 정확하게는 어딘가의 마을에 있는 목욕탕 히바리유의 간판 고양이(라는 설정)입니다, 냐─앙!『전학 간 학교의 청순가련한 미소녀가 옛날에 남자라고 생각해서 같이 놀던 소꿉친구였던 일』을 사주셔서 감사합니다! 어떻게든 본 작품을 세상에 서적으로 내보낼 수 있었습니다.

　제목에서 보다시피 러브코미디입니다. 제『취향』을 가득 담았습니다. 그리고 러브코미디입니다만 청춘 이야기라는 것을 강하게 의식해서 쓰고 있습니다.
　아직 사랑에 이르지는 못하는 어딘가 애매모호한 호의, 가로놓인 세월 동안에 생겨버린 서로의 변화에서 오는 당혹, 그럼에도 분명하게 존재하는 인연. 함께 있으면 즐겁지만 애절하고 안타까운, 그런 풋풋한 이야기를 그리고 싶었습니다. 어떠셨나요?
　그런 본 작품입니다만 첫 번째 원고를 담당 편집자에게 선보였더니 너무도 지나치게 청춘 이야기를 의식해서 그런지 "러브코미디로서의 두근두근이 부족한데?!"라며 딴죽을 당하기도 했습니다. (웃음)

그밖에도 저의 『취향』은 도처에 잔뜩 들어가 있습니다.

취미인 가정 화원이 그렇겠네요. 그건 진검 승부의 수고가 드는 육성 게임이라는 느낌입니다. 하지만 그것이 무엇보다도 즐겁고, 공들여 돌본 만큼 제대로 열매가 맺히는 것이 참을 수가 없습니다. 화분으로도 가지나 토마토를 기를 수 있으니까 추천합니다.

그밖에도 키리시마, 니카이도, 미타케, 무라오, 타쿠라 같이 좋아하는 것을, 그래요, 몇몇 감이 좋은 사람이라면 딱 왔을지도 모르겠습니다. 전부 좋아하는 술의 상표입니다. 작중에서 하야토가 만드는 요리가 안주 같은 것도 취향을 채워 넣은 결과로군요. 데헤헷.

참고로 도시와 시골에도 모델이 있기도 합니다. 도시는 도쿄, 하야토랑 하루키, 히메코가 쇼핑을 나온 거리는 이케부쿠로. 그리고 시골──츠키노세의 모델은 제 고향 나라현의 산간 지방에 있는 여러 마을입니다.

그건 제쳐두고, 이야기는 아직 막 시작되었습니다.

앞으로도 조금씩 함께 나아가려고 하는 하야토와 하루키, 그리고 서서히 변화하는 두 사람과 그들을 둘러싼 환경을 그리고자 합니다. 모쪼록 앞으로도 지켜봐 주시길.

마지막으로 편집 K 님, 여러모로 신세를 지고 폐만 끼쳐서 죄송합니다. 일러스트 시소 님, 미려한 그림에 감사합니다.

저를 지탱해준 모든 사람과, 여기까지 읽어주신 독자 여러분께 진심으로 감사를. 앞으로도 응원해주신다면 다행입니다.

그리고 또다시 여러분과 만나기 위해서라도, 모쪼록 팬레터를 보내주세요!

팬레터에 뭐라고 적을지 모르겠다? 그렇다면 『냐―앙』이라고만 적어도 괜찮습니다!

냐―앙!

히바리유

TENKOSAKI NO SEISOKAREN NA BISHOJO GA, MUKASHI DANSHI TO
OMOTTE ISSHO NI ASONDA OSANANAJIMI DATTAKEN Vol.1
©Hibariyu, Siso 2021
First published in Japan in 2021 by KADOKAWA CORPORATION, Tokyo.
Korean translation rights arranged with KADOKAWA CORPORATION,
Tokyo.

전학 간 학교의 청순가련한 미소녀가 옛날에 남자라고 생각해서 같이 놀던 소꿉친구였던 일 1

2023년 8월 15일 1판 2쇄 발행

저   자 히바리유
일 러 스 트 시소
옮 긴 이 손종근
발 행 인 유재옥
본 부 장 조병권
담당편집 박치우
편 집 1 팀 김준규 김혜연 박소연
편 집 2 팀 정영길 조찬희 박치우 정지원
편 집 3 팀 오준영 이해빈 이소의
라이츠담당 김정미 맹미영 이윤서
디 지 털 박상섭 김지연 윤희진
미   술 김보라 박민솔
발 행 처 ㈜소미미디어
인쇄제작처 ㈜코리아피앤피
등   록 제2015-000008호
주   소 서울시 마포구 토정로222, 403호 (신수동, 한국출판콘텐츠센터)
판   매 ㈜소미미디어
영   업 박종욱
마 케 팅 최원석 최정연 박수진
물   류 백철기 허석용
전   화 (02)567-3388, Fax (02)322-7665

ISBN 979-11-384-3378-5
ISBN 979-11-384-3377-8 (세트)